中島敦

文學散步地圖

2. 橫濱外國人墓地

谷戶坂

山手本通

霧笛橋

4. 神奈川近代文學館

年份	歲數	事件	時代背景
一九三七（昭和十二年）	28	長女正子出生僅三日便夭折。入秋後哮喘惡化。十一月至十二月間，陸續創作和歌五百首。	日軍策動盧溝橋事變，並製造南京大屠殺。
一九三九（昭和十四年）	30	《悟淨嘆異》脫稿。擔任文部省教科書圖書監修官，負責編修以中國人為對象的日本語教科書。次子中島格誕生。	
一九四一（昭和十六年）	32	因哮喘惡化，故辭退教職。赴帛琉擔任南洋廳國語教科書編輯書記一職。	十二月突襲珍珠港，觸發太平洋戰爭。日軍向南亞擴張，其後佔領香港，開始「三年零八個月」的日佔時期。
一九四二（昭和十七年）	33	發表《山月記》、《文字禍》，正式於文壇出道。三月辭去南洋廳職位。其後發表《光·風·夢》，入圍芥川賞，十一月發表《名人傳》。十二月四日，因哮喘病發逝世。遺稿《李陵》等由深田久彌於中島敦離世後發表。	日軍於中途島戰役大敗，自此漸入頹勢。

一九三〇（昭和五年）	一九三二（昭和七年）	一九三三（昭和八年）	一九三四（昭和九年）	一九三六（昭和十一年）
21	23	24	25	27

第一高等學校畢業後，入讀東京帝國大學國文科，期間熟讀永井荷風、谷崎潤一郎的作品。

與橋本結婚。八月前往中國旅行，歸國後參加朝日新聞社入社選拔，因體檢不合格而落榜。

東京帝國大學畢業，畢業論文題目為「耽美派研究」。四月入讀同校大學院，主修森鷗外研究，並進入橫濱高等女學校任教。長子中島桓出生。創作《斗南先生》。

自大學院退學。發表《虎狩》於《中央公論》新人號，獲選為佳作。哮喘病再度發作，幾近喪命。

再往中國旅行，將見聞寫入和歌集《朱塔》，並熟讀《列子》、《莊子》、《韓非子》、王維詩文等中國文學作品。

受世界經濟嚴重衰退影響，濱口雄幸、犬養毅、岡田啟介等內閣主張削減軍費，使軍部、右翼組織不滿。

日軍於上海發動一二八事件，其後日本發生五一五事件，首相犬養毅被槍殺。

天皇批准首相齋藤實發表退出國聯聲明書。

退出《華盛頓海軍條約》和《倫敦海軍條約》。

發生二二六事件，廣田弘毅組閣，建立以天皇及軍部為本的法西斯體制。

5. 聘珍樓（橫濱本店）

3. 喜久家洋菓子舖

中華街大通

市場通

山下長津田線

元町河岸通

水屋敷通

ゔゔ次坂通

1. 中島敦文學碑

景點介紹

❶ 中島敦文學碑

中島敦曾於橫濱高等女學校任教，學校其後遭燒毀，今址為橫濱學園附屬元町幼稚園，1975 年在其運動場設立文學碑，供人追思。

❷ 橫濱外國人墓地

中島課後鍾愛前往的散步道路。

❸ 喜久家洋菓子舖

由 1924 年創立的老牌洋菓子店，位於中島任教的學校附近的商店街，當時中島經常前來光顧。

❹ 神奈川近代文學館

2019 年 9 月至 11 月舉辦中島敦特別展「中島敦：迷戀旅人的短暫一生」，適逢中島誕辰 110 周年。

❺ 聘珍樓（橫濱本店）

1884 年於中華街開業，為日本現存最歷史悠久的中菜餐館，中島曾與學校同事在此共餐。

中島敦年表

年份	歲數	作家生平	日本大事
一九〇九（明治四十二年）	0	生於東京市四谷區，父親中島田人擔任中學漢字教師，祖父中島慶太郎為漢學家。翌年父母離婚，被接到祖父母家生活。	
一九一四（大正三年）	5	父親再婚，隔年隨父親前往奈良生活。	第一次世界大戰爆發，日本以英日同盟名義參戰，是首個參與一戰的亞洲國家。
一九一六（大正五年）	7	入讀奈良縣郡山男子中學校。	
一九一八（大正七年）	9	父親轉至靜岡縣濱松中學校任教。中島轉學至濱松尋常小學校。	爆發經濟危機。農村發生米騷動事件，演變成武裝衝突，參與者逾二百萬人。
一九二〇（大正九年）	11	父親再度轉任朝鮮龍山中學校教師，中島隨之轉學至京城龍山小學校。	再次陷入經濟危機，經歷十年的經濟蕭條。
一九二二（大正十一年）	13	入讀朝鮮京城中學校。翌年妹妹澄子出生。繼母逝世。	第一次世界大戰結束。共產黨支系在日本正式成立。
一九二六（大正十五年）	17	自京城中學校畢業後，就讀第一高等學校文科甲類。	大正天皇駕崩，皇太子裕仁親王繼位，年號改為昭和。
一九二七（昭和二年）	18	春天，因肋膜炎休學一年，發表小說《下田之女》。翌年首次哮喘病發作。	第一段地下鐵東京上野至淺草線通車。日本政府救濟台灣銀行失敗，導致全國金融陷於險地。

山月記

中島敦 著
なかじま あつし

楊曉鐘等 譯

さんげつき

一片飛花在樹梢

—— 近代日本文學譯著導讀

陳煒舜

香港中文大學中國語言及文學系副教授

　　香港三聯書店出版四冊近代日本文學譯著，分別收錄夏目漱石（1867–1916）、谷崎潤一郎（1886–1965）、中島敦（1909–1942）和太宰治（1909–1948）等四位名家的小說、隨筆集。編輯同仁囑我就日本近代文學之背景、脈絡略作介紹。對於日本文學，我心雖好之，但畢竟非專業研究者，故僅能就研讀知見之一隅與讀者諸君分享，尚蘄玉正。

　　學界對日本文學史的斷代各有差異，但大致可分為上古（八世紀至十二世紀）、中古（十三世紀至十六世紀）、近古（十七世紀至十九世紀中葉）、近代（明治、大正、昭和時期，1868–1945）及現代（二戰以後）幾個階段。西元1868年，明治天皇（1852–1912）發表《五條御誓文》，正

式開啟「明治維新」的序幕，標誌著日本現代化的開端。而日本近代文學史，也同樣以「明治維新」為起點。在社會變革之下，日本舉國對船堅炮利之實學大感興趣，政府對於人文學科則採取蔑視放任的態度，以致文學之「開化」未必能與整體的現代化完全同步。不過在福澤諭吉（1835–1901）等啟蒙思想家的影響下，日本引進了大批西方哲學（包括美學）、文學、政治學等人文社會學科的書籍，促進了近代文學的發展。

就小說而言，日本近代小說鼻祖坪內逍遙（1859–1935）高揚寫實主義理論，正是對整個社會風氣的呼應，其《小說神髓》對近代文學影響深遠。坪內逍遙之外，二葉亭四迷（1864–1909）接過寫實主義旗幟，其思想不僅受到俄國別林斯基（V. G. Belinsky, 1811–1848）的教養，也源於儒家感召。與此同時，森鷗外（1862–1922）受到德國美學思想影響，傾向於浪漫主義立場，與坪內逍遙就文學批評之標準問題展開論爭。兩種文學取向，既奠定了日本近代文學的基調，也確立了小說在文學界的主導地位。

1885 年 2 月，尾崎紅葉（1868–1903）、山田美妙（1868–1910）等四人組織成立硯友社，該社與傳統以漢詩、

俳句唱和的結社不同，將創作文類拓寬至小說等，雅俗兼顧，集合了一群年輕小說家，如廣津柳浪（1861–1928）、川上眉山（1869–1908）、巖谷小波（1870–1933）、田山花袋（1872–1930）、泉鏡花（1873–1939）、小栗風葉（1875–1926）等。這些作者後來在明治、大正及昭和文壇皆成為了獨當一面的大將。雖然他們的文學取向各有不同（如泉鏡花主張浪漫主義、田山花袋主張自然主義等），並未合力以硯友社的名義來建構統一的文學理論，但該社一度在日本文壇具有支配力量，影響甚大。

專制與自由並存的明治時代，寫實主義在坪內逍遙、二葉亭四迷以後並未得到長足發展。終明治一代四十年，源自西方的自然主義運動一直大行其道。1887 年，森鷗外把左拉（Emile Zola, 1840–1902）為代表的自然主義介紹到日本，隨後小杉天外（1865–1952）、田山花袋、永井荷風（1879–1959）等人皆成為這個流派的代表人物。自然主義文學揭櫫反道德、反因襲觀念的旗幟，主張追求客觀真實，一切按照事物原樣進行寫作，以冷靜甚至冷酷的筆觸來描寫一切對象，強調排除技巧，摒棄加工和幻想，成功完成了「言文一致」的革新。自然主義作家突破想像的樊

籬，因而發展出以暴露作者自我內心為特點的「私小說」，獨具特色。尤其是島崎藤村（1872–1943）《破戒》與田山花袋《棉被》的問世，將自然主義運動推上高峰。

　　然而，自然主義是明治時期「拿來主義」在文壇上的體現。十九世紀中後期的歐洲流行自然主義文學，有其自身的邏輯脈絡，茲不枝蔓，但日本並未仔細尋繹便採用「橫的移植」手段，罔顧了自身的社會特徵。因此，當時有評論家對「私小說」的創作範式頗為不滿，批評這種書寫策略過於消極，且無益於社會精神之塑造。夏目漱石便是當中重要的質疑者。作為寫實主義巨擘，夏目往往被中國讀者與魯迅（1881–1936）相提並論。比起自然主義作家以單純記錄的方式來創作，夏目更看重對生存之意義與方法的探討。他的作品十分強調社會現實，富於強烈的批判精神，人物刻劃細膩，語言樸素而幽默近人。其成名作《我是貓》以貓的視角對主人公苦沙彌等人加以觀察，嘲弄了日本知識分子四體不勤而五穀不分、紙上談兵而妙想天開、生活清貧而無權無勢的特性。而「人生三部曲」——《三四郎》、《後來的事》和《門》，雖然各為獨立故事，卻一脈相承地以愛情為主題，揭示出人生的真實本質。夏目

漱石的小說，華人讀者並不陌生；而編輯同仁這回另闢蹊徑，出版其隨筆集，應能使讀者更深入地了解其人、欣賞其文。

明治末期，自然主義風潮逐漸消退，白樺派（理想主義）、新思潮派（新寫實主義）和耽美派（新浪漫主義）成為大正時期（1912–1926）文壇領軍。白樺派的武者小路實篤（1885–1976）是反戰作家，作品受到魯迅、周作人（1885–1967）的稱許和譯介。新思潮派的領軍人物芥川龍之介（1892–1927）被視為與森鷗外、夏目漱石三足鼎立的小說家，以歷史小說來反映現實、思索人生。耽美派反對自然主義重視「真」遠甚於「美」，認為如此會壓抑人性的自然欲望。然而耽美派對人性自覺乃至官能享樂的注重，卻顯然孳乳於自然主義。作為耽美派的首腦，谷崎潤一郎甚至提出「一切美的東西都是強者，一切醜的東西都是弱者」，不僅讚許自然美，更讚許官能性的美，為追求美甚至可以犧牲善，與波德萊爾（C. P. Baudelaire, 1821–1867）的《惡之花》（*Les Fleurs du mal*）于焉相應，因此有了「惡魔主義者」的稱號。如谷崎成名作《刺青》中，刺青師清吉物色到一位「能供自己雕入精魂的美女肌膚」的女孩，

施以麻醉後，以一天一夜時間在她背上雕刺出一隻碩大的黑寡婦蜘蛛。女孩醒後「脫胎換骨」，宣稱清吉就是自己第一個要獵殺的對象。自傳體小說《異端者的悲哀》中，主人公章三郎因生活貧困而對人生絕望、對道德麻木，卻夢想過放蕩不羈的生活。至於《春琴抄》中對施虐與受虐快感的描畫，更令人驚心動魄。

1926 年，昭和天皇（1901–1989）繼位。而中島敦和太宰治兩位，皆可謂純粹的昭和作家。昭和早期，無產階級文學風行，但隨著軍國主義的政治干預而式微。佐藤文也說：「日本的作家在戰爭中大致分為三派：一是像雄鷹般兇猛地渲染戰爭狂熱思想的宣傳者，可以稱之為『鷹派』；二是像鴿子般老實卻又喜歡被主人放飛在外，不碰紙筆以沉默示意的不滿者，可以稱之為『鴿派』；三是像家雞一般被主人強行圈養起來，被迫加入了『鷹派』的妥協者，可以稱之為『雞派』。而太宰治卻不在這三派之中盤旋，好似鶴立雞群般經常在浪漫主義色彩的題材中渲染出獨特的幽默風範，可以稱太宰治為『鶴派』，這一點讓太宰治在戰爭時期的作品受到了文學界及讀者的好評，並得到支持。」（〈太宰治寫給中國讀者的小說，你讀過嗎？〉）與太宰治不同，

中島敦對治現實的方法是撰寫歷史小說。中島於 1933 年完成的大學畢業論文題為《耽美派研究》，深入探討森鷗外、永井荷風、谷崎潤一郎等作家。然而，他後來的創作則繼承了新思潮派的傳統，以歷史小說最為著名，因此贏得「小芥川」之譽。中島敦的歷史小說多取材自中國古籍，無論子路、李陵等歷史人物，抑或李徵、沙悟淨等小說人物，都能予以嶄新的詮釋，以回應時代，令人眼前一亮。可惜中島於 1942 年便英年早逝，年僅三十三歲，無法與讀者繼續分享其文學果實。

　　相比之下，太宰治的文學道路與中島敦頗為不同。太宰治最著名的小說《人間失格》發表於 1948 年，亦即他自殺當年；在後人心目中，這部作品奠定了他「無賴派」（或稱反秩序派）代表作家的地位。不過，無賴派的興衰僅在 1946 至 1948 年的兩三年間，反映出戰後青年虛無絕望乃至叛逆的心態。而太宰治早慧，十七歲寫出《最後的太閣》，短暫一生中有不少名作傳世，而是次譯著僅收錄他發表於 1945 年的作品《惜別》與短篇小說集《薄明》，可謂慧眼獨具。當然，在《薄明》的六篇短篇小說中，主人公無一例外地表現出頹靡無力之感，這與稍後作品《人間失格》

的主旨一脈相承，反映出作者自身特殊的遭際和心理特質。而《惜別》則為紀念魯迅而作，以在仙台醫專求學時的魯迅為原型。太宰治筆下的魯迅年方弱冠、胸懷壯志，卻又在鄉愁、迷惘與希冀中徘徊，在經歷一系列事件後棄醫從文。儘管《惜別》的主人公往往被看成是「太宰治式的魯迅」，是作者透過魯迅的形象來安放自身的靈魂，但這部作品無疑打破了華人讀者對於魯迅那刻板的神化印象，值得細細玩索。

譯著所涉四位小說家皆是日本近代文學時期的著名人物，年輩雖有差異，但在文壇的主要活躍年代都在二十世紀前半。夏目漱石、谷崎潤一郎漢學造詣甚深，皆有漢詩作品傳世。明治維新後，日本漢詩創作景況日漸零落。而中島敦成長於大正、昭和時期，卻因漢學世家淵源之故，仍喜漢詩創作，在平輩間不啻鳳毛麟角，值得關注。太宰治不以漢學漢詩著稱，然亦鍾情於中國文化，如他的《清貧譚》、《竹青》皆取材於《聊齋志異》，前文談到的《惜別》則以魯迅為主角，不一而足。這些知識對於華人讀者來說大概都是饒有興味的。讀者諸君在瀏覽這輯譯著後，若能觸類旁通，對四位小說家乃至整個日本近代文學有更深入

的了解，這篇膚淺的塗鴉就可謂功德圓滿了。謹以七律收
束曰：

　　貓眼看人吾看貓。善真與美孰輕拋。
　　沙僧猶自肩隨馬，迅叟應嘗淚化鮫。
　　意氣文雄夏目助，幽玄節擊春琴抄。
　　年年舊恨方重即，一片飛花在樹梢。

2022 年 1 月 16 日

關於中島敦

—— 寫在《山月記》之前

楊曉鐘

　　中島敦有「小芥川」之稱，大概因為兩人的人生和作品存在著相似之處。魯迅的這句話可以視為對芥川龍之介作品的總結：「所用的主題多是希望之後的不安，或者正不安時之心情。」對生存的不安與苦惱，同樣是中島的主題，更進一步地，這不安與他的懷疑主義和對文明的反思息息相關。

　　和芥川一樣，中島的小說大量取材於歷史，尤其是中國歷史。在歷史題材的舊瓶中注入現代意識的新酒，可以說是雙方的共同點。舉例而言，芥川有多篇小說改編自《今昔物語》，他這樣總結《今昔物語》的一個特色：「人物就像所有傳說中的人物一樣，心理並不複雜。他們的心理只有陰影極少的原色的排列。」濃墨重彩地為這些人物賦

予複雜的心理意識，描繪出他們心理的斑駁陰影 —— 不安 —— 是芥川也是中島對歷史題材的再創造。

中島的《山月記》和《李陵》中的人物李徵、李陵、司馬遷和蘇武都超越了歷史上的真實人物。《山月記》據唐傳奇小說《人虎傳》改編，但《人虎傳》中的李徵不脫傳統文人形象，我們感受不到他的任何心理活動，而在《山月記》中，中島則以大量的心理獨白突出了他「懦弱的自尊心和自大的羞恥心」交織的心理，將現代人的自我意識貫注到了李徵這個人物心中，《人虎傳》中的傳統文人李徵變成了《山月記》中因為強烈的羞恥意識而不斷叩問自我存在意義的詩人。同樣的，在《李陵》中，李陵、司馬遷和蘇武都超越了史實中的刻板形象，經過了中島的加工，成了穿著古裝的現代人。中島筆下的李陵大異於史實中的李陵，歷史上的李陵主動投降，而小說中李陵是在戰敗被俘後才被迫投降。小說中的李陵比歷史上的李陵更忠誠，他被俘後面對的複雜處境突出和加劇了他的不幸。

歷史上的李陵多半會將自己的失敗歸咎於天意、命運之類，但小說中的李陵卻將自己的不幸歸咎於自身，不斷地在心中咀嚼自己生存中面臨的困境和挫折，他懷著對漢

武帝、單于和蘇武的複雜的情感和心理糾結，由此陷入種種自我折磨不能自拔。歷史上的司馬遷儘管遭受了宮刑，卻以極大的意志力挺過了所受的恥辱，完成了傑作《史記》，可以說，他的心理從來就不曾動搖過，然而中島筆下的司馬遷在遭受宮刑之後，則陷入了野獸般的痛苦之中，其心理波動之大之曲折之崩潰，其對自己存在的根本和意義的追問，幾乎到了纖毫畢現的程度。最終，他的自我完全崩潰了，成了一個「沒有知覺沒有意識的書寫機器」，正是靠著這種「無意識的關心」完成了《史記》，此間有著極濃重和苦澀的悲劇意味。

李徵、李陵和司馬遷這三個歷史人物，其命運都因遭遇不幸而被劃分成為前後不同的兩截，中島的人生命運同樣充滿不幸的波折，或許正是這種共同的不幸遭際，使中島產生了深切的共鳴。在中島的筆下，這三個人物都超越了歷史的真實境況，寄託了他作為現代的孤獨個體的痛苦與悲哀，所以文評家深田久彌說：「中島敦借助於對歷史人物的重新塑造，縱情地抒發了自己心中蕩漾的熱情和感情。《李陵》中的主人公 —— 無論是李陵、司馬遷還是蘇武，他們不幸的遭遇雖然都是取自於史實，但那種悲痛卻

都屬中島敦所有。」而這種悲痛只能是屬現代的孤獨個體的中島切身感受到的悲痛。某種程度上，中島借古代人物的酒杯，痛澆自己鬱鬱不得志的壁壘。

人物之所以對自身存在處境充滿不安與苦惱，與其對外在世界的不解、懷疑息息相關。前者針對內在的自我，後者針對的則是外在的社會規範乃至文明或文化的主流價值，兩者的難以一致或平衡才造成自我意識的不安。《山月記》中的李徵在渴求成名和以躋身俗物為恥的念頭之間搖擺不定，最終卻以對此的拒絕而作結，已經包含對科舉社會的社會價值的懷疑和否定。而在《李陵》中，被俘後的李陵，面對漢武帝、單于、蘇武三方施加的無形壓力，陷入了巨大的不安之中，同時所在漢胡兩地所受的不同遭遇，也揭開了他對兩種文化孰野蠻孰先進的懷疑，他意識到所謂野蠻的胡地風俗，在朔北的風土下，非但不顯野蠻，也最為合理，在將胡漢文化相對化的同時，他作為個體的選擇也超越了這種文明與野蠻的兩分，他悟出：「我原不過是天地間一顆微粒，又何必管什麼胡漢呢？」因為這樣的懷疑主義，李陵原本陷入自我存在的痛苦反而得以解脫。

中島敦出生於日本東京市四谷區簞笥町，祖父及父親都是漢儒學者，自幼即受薰陶的中島，被稱譽是消化吸收了倫理思想的「詩人、哲學家和道德家」。1933 年 3 月中島敦畢業於東京大學國文學科，畢業論文題目為《耽美派研究》，以四百二十頁的篇幅，對森鷗外、永井荷風、谷崎潤一郎等明治時期作家進行評說。4 月進入東大大學院學習，研究主題為《森鷗外研究》。1934 年 3 月從大學院退學，任私立橫濱女子高等學校國文、英語教師，1941 年 3 月退職。1941 年辭去高中教師職務，到南洋，將心儀的英國作家史帝文生晚年在太平洋沙摩島的生活改編成了《風·光·夢》，並將當地見聞寫成了《南島譚》。1942 年末因哮喘病發作去世，享年三十三歲。雖然他的生命如彗星轉瞬即逝，但留下的為數不多的作品至今仍為人們所喜愛。

目錄

名人傳

趙國 ❶ 的國都邯鄲城裏有一個人叫紀昌，他立志要成為天下第一的弓箭手，於是遍尋名師。他認為，要論射箭，當今世上絕世高手當數能夠百步穿楊、百發百中的飛衛。於是，紀昌便千里迢迢趕去尋訪飛衛，拜他為師。

　　拜師之後，飛衛對新入門的弟子說：「要學射箭，必先學會不眨眼睛。」於是，紀昌回到家中，鑽入妻子的織布機下，仰面朝上，任憑織機踏板貼著眼皮上下翻飛，卻始終保持不眨眼睛的狀態。妻子不知其中緣由，大吃一驚。她不明白自己的丈夫為什麼要用這麼奇怪的方式來窺視自己，頗感不快。但紀昌不為所動，並對其嚴加斥責，強令其繼續織布。如此這般，日復一日，紀昌始終堅持用這種奇怪的姿勢來修煉不眨眼睛的功夫。兩年之後，縱使上上下下的織機踏板碰到睫毛，紀昌也可以做到不眨眼睛。於是紀昌終於從織布機下爬了出來。此時，無論是用鋒利的錐子尖刺向眼睛，還是有火星兒意外入眼，抑或是眼前飛灰四起，紀昌都可以不眨眼睛。他的眼睛似乎喪失了閉眼的機能，即便晚上熟睡之時也是雙目圓睜，以至於後來竟

---

❶　趙國：戰國七雄之一，疆域有今山西中部，陝西東北角及河北西南部。

有一隻蜘蛛在其睫毛之間結了網。這時他終於認為自己已達到師父的要求，於是向師父飛衛稟告。

飛衛聽了之後對紀昌說：「只有不眨眼睛的功夫還不足以授你射箭之術，接下來你還要學習視物。要把極小的東西看成龐然大物，把細微的東西看得清清楚楚才行。等你練成之後再來吧。」

紀昌再次回到家中，從貼身穿的內衣縫裏捉住一隻蝨子，用自己的頭髮繫住吊在朝南的窗戶上，終日凝視。一開始怎麼看也只不過是隻蝨子，兩三日後依然是隻蝨子。然而過了十餘日，也許是心理作用，總覺得蝨子好像大了許多。過了三個月，紀昌眼中的蝨子明顯已大如蠶蛹。懸掛蝨子的南窗外面景物也在不斷變化。陽春三月不知何時已變成炎炎夏日；剛剛還是天高雲淡、北雁南飛的時節，不覺間已是漫天飛雪的冬季了。紀昌依然一如既往地耐心注視著那隻頭髮絲下吊著的半翅類小節肢動物。時光飛逝，一轉眼三年時間過去了，吊在窗口的蝨子也已換了數十隻。一日，紀昌忽然覺得吊在窗口的那隻蝨子竟形大如馬。他驚喜不已，慌忙起身來到屋外。定睛一看，紀昌幾乎不敢相信自己的眼睛。只見人如高塔，馬似山巒，豬像

山丘，雞如城樓。紀昌雀躍不已，奔回家中，再度面對窗邊的虱子，拿起以燕國的獸角製作的弓，搭上以北方的蓬竹製作的箭，瞄準後射了過去，一箭貫穿虱子的心臟，而繫虱子的頭髮卻完好如初。

紀昌連忙去將此事報與師父知曉。飛衛高興得手舞足蹈，稱讚道：「太好了！」於是，飛衛便傾盡畢生所學，將射術之妙盡授予紀昌。

紀昌苦練目力五年成效卓然，學起射術來進步神速。得授射術之精妙十日後，紀昌嘗試百步射柳葉，已是百發百中；二十日後，將一個盛滿水的酒杯置於右肘之上，拉強弓射箭，命中目標自不待言，杯中之水亦紋絲不動。一月之後，紀昌嘗試百箭連發，第一箭射中靶心之後，馬上射出第二箭，且第二箭剛好射穿第一箭的箭杆，緊接著射出第三箭，同樣第三箭又射穿第二箭，如此箭箭相連，發發必中，後箭的箭鏃必定射穿前箭的箭杆，因此未有一箭掉落在地。轉瞬間，百支箭已連接如一條線，最後一支箭的箭杆猶如仍在弦上。在旁觀看的師父飛衛也不禁讚道：「妙哉！」

兩個月之後，偶然回到家中的紀昌與妻子起了爭執，

為了嚇唬妻子，紀昌拿起烏號弓❶，搭上綦衛箭❷就射向妻子的眼睛。箭到之處，三根睫毛應聲而落，而其妻本人並未察覺，眼皮都沒眨一下，仍然繼續大罵紀昌。由此可見，紀昌的射術已達出神入化之境。

一日，紀昌忽然想到一個問題：以自己今時今日的箭術，早已從老師那裏學無可學了……

紀昌心裏盤算到，如今世上，要論箭術，除了師父飛衛再無第二人能與自己比肩。要想成為天下第一弓箭手，無論如何也要除掉他。於是他便伺機而動。偏巧有一天，二人在郊外不期而遇。紀昌當即計上心來，即刻拉弓搭箭，想要除掉飛衛，飛衛早已察覺，也立即引弓反射，只見兩支箭在空中交會，箭頭相碰，雙雙墜地。甚至連半點灰塵都沒有蕩起，可見二人的箭術皆已到了出神入化的境地。少頃，飛衛已無箭可發，而紀昌手裏還剩有最後一支箭。紀昌心下竊喜，又將最後一支箭射向了飛衛。危機之中，只見飛衛迅速折斷路旁的一根荊棘，將迎面射來的箭頭擊落在地。直到此

---

❶　烏號弓：傳說為黃帝用過的弓。後代指良弓。

❷　綦衛箭：第一代商王湯仿照后羿射日神箭所創。後以「綦衛之箭」指良箭。

時，意識到自己的野心已無法實現的紀昌心裏，忽然湧起了一股慚愧之情——一種基於道義的慚愧之情。這邊飛衛因剛剛撿回一條命也鬆了一口氣，同時，醉心於自己的非凡射術，竟對紀昌毫無仇恨之念。師徒二人都激動地跑上前去，在曠野上相擁而泣。（這樣的事以如今的道德觀來看，的確不合乎情理：美食家齊桓公❶在尋求自己沒有品嚐過的美味佳餚之時，廚師易牙❷曾把自己的兒子蒸熟以供其享用；秦始皇十六歲時，在其父王駕崩當晚，就三度召幸父王的愛妾。這些故事皆出自那一時代。）

飛衛雖然與紀昌相擁而泣，但是想想自己隨時都有可能再次成為愛徒的目標，實在危險，如果能給紀昌一個新的目標，將其注意力轉移開去就好了。於是他對這個危險的徒弟說道：「如今，我該傳授給你的東西，已悉數教授予你了，如果你想鑽研更上乘的箭道奧妙，就要往西方的大路上去，翻過險山，登上霍山之巔。那裏有位甘蠅先生，

---

❶　齊桓公（？－前 643）：春秋時齊國第十五位國君，前 685 年至前 643 年在位，晚年昏庸，任用易牙、豎刁等小人，在內亂中餓死。

❷　易牙：春秋時代著名的廚師，亦有寫作「狄牙」。善於調味，很得齊桓公的歡心。

可謂是曠古絕今的箭道大家。跟甘蠅先生比起來，我等的箭術簡直如同兒戲。如今有資格做你老師的人，也就只有甘蠅先生了。」

紀昌聞聽，立刻西行。師父飛衛說，在那人面前師徒二人的技藝都如同兒戲，這激發了紀昌的好勝心。如果此事當真，那紀昌要成為天下第一，恐怕還遙遙無期。自己的技藝是否如同兒戲，無論如何也要盡早見到那人，與他一較高下才能知曉。紀昌心中焦躁，一股勁兒地急著趕路，腳底都磨破了，小腿也受傷了，一路翻山越嶺，終於，在一個月之後到達了霍山之巔。

迎接他的是一位目光柔和卻老態龍鍾的長者。那位老者看起來百歲有餘，由於腰也彎著，走路的時候白鬍子竟拖到在地上。

紀昌擔心老者耳背，於是大聲向其表明來意。說完希望對方看看自己的箭術之後，不等對方開腔，心急難耐的紀昌便立刻取出背後的楊幹麻筋弓，拿在手裏，然後搭上石碣❶之箭，正巧彼時高空中有群鳥飛過，紀昌便向其射

---

❶ 石碣：箭名。漢趙曄《吳越春秋・勾踐伐吳外傳》：「越王中分其師，以為左右軍，皆被兕甲，又令安廣之人，佩石碣之矢，張盧生之弩。」

去，隨著弓弦響動，碧空中即刻便有五隻大鳥應聲而落。

「還可以吧！」老者微微一笑說道，「不過，這只是所謂的射之射，看來閣下還不知道不射之射」。

老者帶著頗有幾分慍怒的紀昌來到離山巔僅二百餘步的絕壁，毫不誇張地說，腳下屏風似的崖壁有千丈之高，遠遠望去，正下方的河流宛如一條細絲，只看上一眼就立刻讓人頭暈目眩。懸崖邊上有一塊突出的危石，老者氣定神閒地往上一站，轉身對紀昌說道：「怎麼樣？你站到這裏來，還能把剛才表演的那一套射術再做一遍嗎？」「現在可不能打退堂鼓！」紀昌心裏這樣想著，與老者互換了位置。紀昌踏上危石時，腳下的石頭微微晃動了一下。就在他鼓足勇氣準備放箭之時，剛好一塊小石頭從崖端墜落。順著小石頭墜落的方向往下看時，紀昌不由得趴在了石頭上，嚇得手腳發顫，冷汗直流。老者微笑著伸手將紀昌引下危石，自己又站了上去，說道：「就讓閣下見識一下什麼是射箭吧？」聽聞此言，尚心有餘悸、臉色蒼白的紀昌立即回過神來。隨即問道：「您的弓呢？怎麼沒有弓？」「弓？」老者微微一笑說道：「若是需要弓箭，便是射之射。而不射

之射，烏漆 ❶ 弓、肅慎 ❷ 箭皆不需要。」

剛好這時，在二人正上方的天空至高之處，一隻白鳶正悠然盤桓，從下面望去也不過如芝麻粒大小，片刻後甘蠅便拉開無形弓，搭上無形箭，雙手挽弓猶如滿月向其射去，只見白鳶還來不及掙扎，便猶如石塊從碧空中墜落下來。

紀昌肅然起敬，只覺得自今日開始才算窺得箭術之道了。

此後的九年時間，紀昌得到老者允許，留了下來。在此期間到底修業如何，誰也不得而知。

九年之後，當紀昌下山的時候，人們盡皆為他的容貌變化之大而吃驚：從前那副不服輸的精悍樣子已消失得無影無蹤。如今的紀昌臉上毫無表情，宛如木偶。當紀昌去拜訪許久未見的師父飛衛時，飛衛一見紀昌如此容貌，不禁感慨道：「如今你才算得上是天下名人，我等皆望塵莫及了。」

---

❶ 烏漆：即黑漆，可用於塗飾。

❷ 肅慎：中國古代東北民族，是現代滿族的祖先。亦作「息慎」、「稷慎」。傳說舜時，肅慎氏朝，貢弓矢。肅慎人善射，矢皆石鏃。

紀昌已是天下第一名人，邯鄲城的民眾都來迎接他的歸來。大家都期待能親眼看見紀昌的精湛射術。

然而，紀昌卻完全無意滿足大家的期望。不僅如此，他甚至連碰都不碰弓箭，就連九年前上山時隨身攜帶的楊幹麻筋弓，也不知丟棄在了何處。有人問他為何如此，紀昌只是無精打采地說道：「至為無為，至言去言，至射不射。」果然，這極致的見解立刻在邯鄲城的民眾中引起熱議，大家紛紛以不執弓的射術名人自誇。紀昌越是不碰弓箭，大家越是盛傳他天下無敵。

各種傳聞也在民眾當中口口相傳。有人說每天夜裏剛過三更的時候，紀昌家的屋頂上就會站著一個人，也不知是誰，拉弓引弦，聲聲入耳。大家都說，一定是射道之神在主人公睡著之後離開體內，為驅趕妖魔而徹夜守護。又有住在紀昌家附近的商人說，曾親眼看到有天夜裏，紀昌在自家的屋頂上空騰雲駕霧，更稀奇的是他竟手持弓箭，正與古時的箭術名人后羿 ❶ 和養由基 ❷ 比箭。當時三位名手

---

❶ 后羿：帝堯時期的射箭高手，傳說曾射下九個太陽。

❷ 養由基：春秋時期楚國將領，古代著名的神射手，相傳能百步穿楊。

射出去的箭，分別在夜空中化為三道青白色的光，直射向參宿和天狼二星之間消失不見。還有小偷招認說，有一次他潛入紀昌家中，腳剛踏進院牆，突然一道寒氣從寂靜的院子裏沖出來，正好打中額頭，嚇得他落荒而逃。從那以後，紀昌家方圓數里，心存邪念的人都繞道而行，聰明的鳥兒也不從他家上空飛過了。

在世人的一片讚譽聲中，名人紀昌也逐漸老去。他的心早已遠離射術之道，漸漸歸於恬淡枯寂之境。原本就像木偶的樣貌更加面無表情，說話也更少了，到了最後，連有沒有呼吸都令人懷疑。「已經無彼此之分、是非之別了，眼如耳，耳如鼻，鼻如口。」這便是老名人晚年自述之語。

辭別師父甘蠅四十年後，紀昌如一縷輕煙靜靜地離開了人世。這四十年間，紀昌絕口不提射術之事，更沒有碰過弓箭。當然，身為寓言的作者，理當在這裏創作出老名人晚年的豐功偉績，以證明紀昌是名副其實的射術名人，進而滿足讀者的期待。但是，無論如何也不能歪曲古書上記載的事實吧。實際上，除了下面這則逸聞，已經歸於無為的紀昌，在其晚年，並無任何值得大書特書的英雄行為。

大約是紀昌去世前一兩年的事。有一日老紀昌應友人

之邀前去赴約，在友人家中見到一物。這東西看起來確實很眼熟，奇怪的是，紀昌卻怎麼也想不起它的名字，也不記得是做何用的。老紀昌便去詢問主人，「這個到底是何物，又有何用呢？」主人只以為紀昌在開玩笑，也故作不知地笑笑。老紀昌又認真地再次詢問，可是，主人家還是疑惑地笑笑，實在不明白客人到底什麼意思。第三次，紀昌又一臉嚴肅地問了同一個問題，這時，主人家的臉上開始出現了驚愕的表情，他盯著紀昌的眼睛，可以確定，對方沒有在開玩笑，也沒有神經錯亂，自己更沒有聽錯，緊接著他驚慌失措地叫道：

「啊？夫子你……身為古今無雙的射術奇人……竟然連弓都忘了嗎？弓的名稱、用途都忘了嗎？！」

此事之後，一時間邯鄲城裏畫師紛紛藏起畫筆，樂師剪斷琴弦，工匠也羞於再將規矩❶拿在手裏了……

---

❶ 規矩：校正圓形和方形的兩種工具。

山月記

出身於隴西（現甘肅省東南部）的李徵，自幼博學多才，於天寶（742–756）末年考中了進士，不久就補缺升任江南尉（庶務官員，主要掌管司法捕盜、審理案件、判決文書、徵收賦稅等雜事）。

李徵性情孤傲，自恃頗高，不甘心做一個低級的地方官吏。於是沒過多久就辭官不做，回到老家虢略（現河南靈寶），每日裏也不與人交往，只是埋頭作詩。與其當一個整日要對著俗不可耐的上司卑躬屈膝的小官吏，李徵想要作為一名詩人流芳百世。

可是，想要揚名於世也並不容易，李徵的日子過得一天不如一天，人也越發的焦躁起來。就是打從那時起，他的容貌變得有如刀刻般消瘦見骨，唯一雙眼睛炯炯有神，昔日裏高中進士時那位豐腴的美少年再也無處可尋了。

這樣沒過幾年，李徵不堪忍受貧困，為了妻兒的生計，他終究還是放下身段再次東下，又當起了地方官吏。當然這也是由於他已經對自己的詩業半感絕望的結果。

李徵昔日的同輩都業已身居高位，那些人他曾經以為愚鈍根本不屑一顧，如今他卻不得不聽命於他們。不難想像，這對曾經的俊才李徵來說該是多麼傷害自尊心的一件

事。於是他每日裏快快不樂，狂傲執拗的心性也越發地難以抑制。

一年後，他因公事出行在外，晚上住宿在汝水（今河南北汝河）河畔時，終於發了狂。某天晚上，夜半時分，李徵突然臉色大變，從床上坐了起來，然後一邊喊叫著什麼亂七八糟的東西一邊跳下床，一路狂奔，直到消失在夜色中。從此以後就再也沒有回來。人們在附近的山林裏找了又找，沒有任何線索。那之後的李徵到底怎麼樣了，無人知曉。

又過了一年，一位出生於陳郡名叫袁傪的監察御使，在奉命出使嶺南時，途中住宿在一個叫做商於（今河南淅川縣西南）的地方。第二天一大早天還沒亮正打算出發的時候，驛站的小吏告訴他們說，前面的路上有一隻吃人的老虎出沒，所以趕路的人們只能在白天通過。現在天色還早，不如稍候片刻再出發。但是，袁傪自恃隨從眾多，喝住了他的話，當下就出發了。

當他們憑藉著殘月的微光，在山林草地中穿行的時候，果真有猛虎從草叢之中一躍而出。眼看著這隻老虎就要撲到袁傪身上，卻突然一個翻身，又躍回到之前的草叢

中躲了起來。然後就聽到草叢中傳來一個人的聲音在不停地嘟囔著說：「好險，好險。」袁傪對這個聲音並不陌生。雖然又驚又懼，可他還是一下子想了起來，並高聲叫道：「這個聲音，莫非是我的好友李徵？」

袁傪和李徵於同一年進士及第，對沒什麼朋友的李徵來說，袁傪是他關係最好的朋友。這估計是因為生性溫和的袁傪和嚴厲苛刻的李徵在性情上沒有什麼衝突的緣故吧。

草叢之中半天沒有回音，只偶爾傳來模糊的幾聲疑似強忍哭泣的聲音。過了一會兒，有一個低低的聲音回答道：「在下的確是隴西人李徵。」

袁傪忘卻了害怕，下馬走近那片草叢，充滿懷念地跟李徵敘起了闊別之情，並詢問李徵為何不從草叢裏出來。就聽李徵的聲音回答道：「我現在已不再是人了，又怎麼好意思讓自己這副醜惡的樣子出現在故人的面前呢？我貿然現身必定會引起你的畏懼嫌惡之情。但是，今天能夠在這裏偶遇故人，是多麼令人高興的事情，甚至讓我忘卻了羞愧。無論如何，請不要厭惡我現在這副醜惡的模樣，能否和我，也就是你舊日的好友李徵聊上幾句呢，哪怕只是一小會兒。」

過後想起來很不可思議，可是那時，袁傪一下子就接受了這個超脫自然規律的怪異之事，一點也沒有覺得奇怪。他下令手下停止行進，自己則站到草叢邊，跟看不見的聲音對談了起來。京都的傳聞，老友的近況，袁傪現在的地位，以及李徵對他的祝賀。在青年時代曾經非常親近的兩個人，用著毫無間隙感的話語，聊完了這些話題之後，袁傪終於問起了李徵為何會變成現在這個樣子。草叢中的聲音說出了下面這段話。

　　「距今一年前左右，我出行在外，晚上住宿在汝水邊。那天夜裏，我一覺醒來，突然有人在門外喊我的名字。應聲出門一看，那個聲音在黑暗之中一直不停地召喚我。不知不覺，我就追著聲音跑了起來。不顧一切地跑啊跑，不知何時就跑進了山林，而且，也不知從什麼時候起，就開始用兩隻手緊扣著地面一路飛奔。那時感覺自己渾身充滿了力量，輕輕鬆鬆地就跨越了岩石向前奔跑。等我發現的時候，手掌和肘部似乎都長出了毛髮。等到天微微亮，我走近山澗，在水裏照了一下自己的影子，我已經變成了一隻老虎。

　　「剛開始我不敢相信自己的眼睛，接著又想，這一定是

一場夢。因為，即便是在夢中也知道自己是在做夢這樣的事情，在此之前也曾經發生過。等到自己必須接受這並不是一場夢的時候，心裏一片茫然。接下來就是恐懼。真的是，一想到什麼事情都有可能發生，就深感恐懼。但是，為什麼會變成這樣呢？不知道。我真的是什麼都不知道。不明不白被強加於身也只能老老實實地選擇接受，即使不知道是為什麼，也要繼續活下去，這就是我們這些生靈的宿命。

「我第一個念頭就想到了死。可是就在那時，一隻白兔從我的眼前跑過，立刻，我身體中屬人的那部分習性就馬上消失得無影無蹤。當我再次作為人醒來時，我的嘴邊滿是兔子的鮮血，周圍散落著一地的兔毛。這就是我作為一隻老虎最初的體驗。

「從那之後我到底經歷了什麼，實在是不忍心說出來。只不過，在一天之中，必定會有那麼幾個小時我會恢復成人的性情。那個時候，我就能像昔日一樣，既可以說人話，也能進行複雜的思考，還可以誦讀經史子集裏的章句。而當我身處人性之中，看到作為一隻老虎的自己做下殘虐之事的痕跡，並回顧自己命運的時候，那才是最為悲

慘、最為可怕，也最為憤慨的時刻。

「可是，即便是人性重返的這幾個小時，也隨著時間流逝而越來越短。在此之前我明明還在奇怪自己怎麼會變成一隻老虎，可是前兩天我無意間發覺，我竟然在想自己以前為什麼會是一個人！這實在太恐怖了。再過一段時間，我心裏的這一點人性，估計也會完全被埋沒在作為野獸的生存習性中吧。就像是古老的宮殿地基會逐漸被沙土所掩埋一樣。

「這樣下去，到最後我就會完全忘掉自己的過去，作為一隻老虎狂奔疾走，即便是像今天一樣在路上遇到你，也認不出是我的故人，估計會把你撕裂吞咽，甚至不會感到任何的悔意吧。

「其實，不管是人也好、野獸也好，原本都應該是什麼別的東西吧。剛開始的時候還記得，但是漸漸地就忘記了，然後以為自己打從一開始就是現在這副模樣。難道不是嗎？

「算了，這種事情根本不重要。如果我身體裏的人性完全消失的話，估計那樣子我應該會變得幸福。可是，在我身體裏的那個人，卻是最最害怕這件事情的發生。啊，的

確，我曾經作為一個人的記憶完全消失。他該是多麼的害怕、多麼的悲哀、多麼的痛苦呀！這種心情有誰能懂。誰都不會明白，除非是和我有同樣遭遇的人。對了，想起來了。在我的人性還沒有完全消失之前，我有一件事情想要拜託你。」

以袁傪為首的一行人，屏住氣息，投入地聆聽著草叢中的聲音講述不可思議的事情。這個聲音繼續言道：

「也不是什麼別的事情，就是我原本打算作為一個詩人成名於世。但是，大業未成就落到如斯田地。我昔日寫就的數百篇詩作，自然也尚未流傳於世。存稿固然已經不知所在，但是其中有幾十首我現在還記得。我想讓你幫我把它們記錄下來。我並不是想借由這些詩來顯擺自己夠格做一名詩人。不管這些詩是好是壞，總之，如果不能把這些曾經讓我即使傾家蕩產、喪心病狂，也還要畢生執著的東西，哪怕只是其中的一部分傳誦到後世的話，恐怕我死也不會甘心吧。」

袁傪命下屬執筆，讓他跟隨草叢中的聲音記錄下來。李徵的聲音從草叢之中朗朗傳來，長長短短大概三十篇左右，格調高雅，意趣卓逸。每一首都是讀上一遍就能讓人

感受到作者的非凡才思的好作品。但是，袁傪一邊讚嘆，一邊又隱約覺得，作者的水平自然是一流的，但是，如果就只是這樣，想要成為一流的作品的話，似乎某些地方（於極其微妙之處）還是欠缺了些什麼。

傾吐完了自己的舊作，李徵的聲音突然一變，像是在嘲諷自己似的說道：

「著實令人慚愧，事到如今，已經完全變成這副醜陋模樣的現在，我竟然還在夢中看到過自己的詩集正擺放在長安名士的案桌上的情形。這可是我躺在山洞裏面做的夢。盡管嘲笑我吧。一個沒有當成詩人卻變成了老虎的可悲男人。」

袁傪一邊想到年輕時的李徵就有這種喜歡自嘲的小毛病，一邊悲哀地繼續聽著。

「對了，就當是個笑料也罷，我現場作詩一首來表達一下我現在的感受吧。也可以作為印證，證明曾經的李徵還依然活在這個老虎的身體裏。」

袁傪又指示下屬把它記了下來。詩中言道：

偶因狂疾成殊類，災患相仍不可逃。

今日爪牙誰敢敵，當時聲跡共相高。

我為異物蓬茅下，君已乘軺氣勢豪。

此夕溪山對明月，不成長嘯但成嘷。

　　此時，殘月冷光，白露滋生，穿梭林間的寒風也預示著天將要亮了。人們早已忘卻了這件事情的詭異，神情肅然，感嘆著詩人的不幸。這時李徵的聲音又接著響了起來。

　　「雖然剛才我說過，不知道自己為什麼會落到這樣的命運。但是，換個角度考慮，也並不是完全沒有頭緒。當我還是一個人的時候，刻意地逃避與他人交往。人人都說我傲慢、自大。實際上大家不知道，那其實只是一種近似於羞恥心的想法罷了。

　　「當然，作為一個曾經被稱為鄉里鬼才的我，也不能說沒有自尊心。但是，那其實是一種應該被稱為怯懦的自尊。儘管我也想憑藉詩才揚名天下，卻沒有努力地去拜師，也沒有積極地結交詩友來切磋琢磨。可是即便如此，我也不願意與那些世俗之人為伍。這些都源於我內心同時存在著怯懦的自尊心，和妄自尊大的羞恥心。

　　「因為害怕自己並不是一顆明珠，所以就不敢去刻苦研

磨；然後，又大致相信自己應該是一顆明珠，所以也無法庸庸碌碌地跟那些瓦礫之輩為伍。就這樣，我漸漸與世隔離，與人斷交，心中的憤恨與惱怒最終滋長了我心裏那越來越膨脹的怯懦的自尊心。

「有人說世人皆為馴獸師，而所謂的獸其實就是每個人的性情。在我身上，這種妄自尊大的羞恥心就成了我心裏的猛獸。原來是隻老虎。這隻老虎害了我，苦了我的妻兒，傷害了我的朋友，最終，把我的外形變成了完全符合我自己內心的這副模樣。現在想想，的確如此，其實就是我自己完全枉費了我所擁有的那麼一點點才能。雖然口頭上經常擺弄著幾句所謂的名言警句，說什麼『若無所事事則人生太長，若有事得做便人生苦短』。事實上，害怕暴露自己才疏學淺的卑劣的畏懼，再加上不刻苦不努力的懈怠懶惰其實就是我的全部。有些人論才華雖然遠不及我，但是他們專心致志，努力鑽研，最終成為響噹噹的詩人。這樣的人，數不勝數。直到現在我變成了老虎，才真正意識到了這一點。想到這些，我的內心感受到燒灼般的悔恨。我已經沒辦法再過人的生活。即便是現在我的頭腦創作出再優秀的詩篇，又能通過什麼樣的手段去發表呢？更何況

我的頭腦也一天天地接近老虎。有什麼辦法呢？那些被我枉費的過往呢？我實在無法忍受。每當這種時候，我就會衝上山頂的岩石，向著空谷吼叫。想要把這種痛徹心扉的悲傷傾訴出來。昨天晚上，我也是站在那裏向著月亮大聲咆哮，希望有人能明白我的痛苦。可是，動物聽到我的聲音只會感到懼怕，然後伏下身軀。而山，樹，月亮，還有露水，也只會覺得這不過是一隻老虎在發怒在嘶吼。無論我上天入地再如何感嘆，也不會有人能明白我的心情。就如同，在我還是人的時候，也同樣沒有人能夠理解我敏感易碎的心。

「打濕我的毛髮的，又何止只是夜晚的清露呢。」

終於，四周的夜色逐漸淡開，透過樹林，不知從何處傳來了拂曉的號角聲，聽上去是那麼的悲傷。

已然到了必須告別的時刻。「快到我必須沉迷的時刻了（必須變身為虎的時刻）。」李徵的聲音說：「但是在分別之前我還有一事相求。是我的妻兒。他們現在還留在虢略，根本不知道我的命運。如果你回到南方，能否告訴他們我已經死了。還有今天的事情，也千萬不要告訴他們。我知道接下來的這個要求有點過分，但是請你念在他們孤兒寡

母的，今後如果能夠想辦法照顧一下，讓他們不要飢寒交迫枉死街頭的話，對我來說，就已經是最大的恩惠了。」

　　說完這句話，草叢中又傳來了痛哭的聲音。袁傪也眼泛淚花，欣然表示願意接受李徵的託付。李徵的聲音卻又一下子回到剛才那種自嘲的感覺，繼續說道：「其實，我本應先拜託你這件事才對，如果我還是人的話。跟瀕臨飢寒交迫的妻兒相比，我竟然更關心自己那乏善可陳的詩業。就是因為我是這種男人，所以才最終墮落成了野獸。」

　　最後，李徵又補充了幾句。他讓袁傪從嶺南返回時，千萬不要再走這條路。因為到時候萬一自己已完全沉迷成虎，認不出故人來，說不定會襲擊他們。還有一件事，就是等到一會兒分別後，希望袁傪他們走到前方一百步左右的那個山丘上時，能夠回頭眺望一下這邊。他說：「我要讓你們再看一眼我現在的模樣。並非是想要炫耀自己的勇猛，而是為了讓你看到我這副醜惡的姿態，從而打消你再次通過此地時想要見到我的念頭。」

　　袁傪面向著草叢，鄭重地道過別後就跨上了馬。草叢之中又傳來強忍悲痛的哭泣聲。袁傪數度回首眺望那片草叢，流著淚出發了。當他們一行登上山丘，果然依照約定

回頭眺望剛剛走過的那處林間草地。突然，就看到有一隻老虎從草叢的茂密之處一躍而出，站到了路上。這隻虎仰頭向著已經褪去光華的殘月咆哮數聲之後，又很快地躍入之前的草叢，再也不見其蹤影。

李陵

一

　　漢武帝天漢二年（前 99）秋九月，騎都尉李陵率領步
兵五千，從邊塞遮虜鄣一路向北進發。阿爾泰山脈的東南
端是戈壁沙漠，北風狂嘯，冰冷刺骨。在這樣起伏不平的
丘陵地帶艱難行進了三十日，終於行至匈奴的腹地 ——
漠北浚稽山角安營紮寨。雖說時節還只是秋季，但北地荒
涼，苜蓿早已乾枯，榆樹、川柳的葉子也已落盡。在這只
有沙土岩石和乾裂的河床的滿目荒涼中，別說是樹葉，就
連樹的影子都難覓其蹤。極目遠眺，荒無人煙，偶爾看到
的只有來這曠野尋水喝的羚羊了。冷峻的高山刺破秋空，
望著奮力南飛的大雁，無論將軍還是士卒卻並無一人有暇
燃起懷鄉之情。由此可見，他們身處於何等的險境！

　　匈奴的主力是騎兵，而李陵所率五千軍士均為步卒，
騎馬的僅有李陵和他的幾位幕僚，兵力對比懸殊由此可見
一斑，且全無後援。孤軍深入敵軍腹地真可謂是無謀之
舉。加之距這浚稽山最近的漢朝邊塞居延也有一千五百里
之遙，如若不是對統率者李陵的絕對信任與敬服，這些士
卒斷不會貿然隨軍西行。

每年秋風起，大漢北塞必有大隊匈奴來犯，他們縱馬揚鞭，剽悍異常。所到之處，殺吏掠民、搶奪家畜。五原、朔方、雲中、上谷、雁門等地均難以倖免。得益於大將軍衛青、驃騎將軍霍去病的戰略，元狩❶以後至元鼎❷年間得保平安。但除卻這數年的安寧之外，近三十年來北部邊塞一直禍事頻繁。霍去病去世十八年，衛青歿後七年，浞野侯趙破奴率軍出擊匈奴，終致兵敗，全軍覆沒。光祿勳徐自為在朔北築的城障也被悉數破壞。值得全軍信賴的將帥也就只有不久前遠征大宛的貳師神勇將軍李廣利了。

天漢二年五月夏，匈奴侵略在即，貳師將軍李廣利統領騎兵三萬從酒泉出發，準備在天山一帶攻擊一直覬覦西部邊塞的匈奴右賢王。武帝召見李陵，命他為大軍押送

---

❶ 元狩（前 122– 前 117）是漢武帝的第四個年號。元朔六年十月，漢武帝在一次狩獵時獲得一隻「一角而足有五蹄」的獸（即一角獸），因此改年號為「元狩」。取此名的另一個原因是漢朝對匈奴進行大規模反擊。狩，有征伐的意思。使用時間前 122 年至前 117 年，歷時六年。

❷ 元鼎（前 116– 前 111）是漢武帝的第五個年號。元鼎這個年號使用了六年。早期觀點認為元鼎四年得寶鼎，是元鼎年號的來歷。也因此推斷元鼎才是年號的開始，之前的年號都是追加的。但是現在一般的觀點都認為建元確是第一個年號。《史記・孝武本紀》：「五月，返至甘泉。有司言寶鼎出為元鼎，以今年為元封元年。」

糧草。李陵來到未央宮的武台殿，向武帝叩頭堅請不願只做貳師將軍的糧草押運官。李陵乃飛將軍李廣之長孫，自幼便被認為頗具李廣當年的風範。他精於騎射，幾年前即升任騎都尉，駐紮在酒泉、張掖等地教習兵士箭術以防衛匈奴。年近四十正滿懷壯志卻只能運送糧草，實在有損顏面。李陵叩請道：「臣所率領的屯邊將士，都是荊楚勇士，力可縛虎，射必中的，望能自成一軍，牽制單于以分散其兵力，為國效命。」武帝領首同意了李陵的請求。但因朝廷不斷向各方派兵，導致沒有馬匹撥給李陵。

雖然這樣出兵很冒險，但比起運送輜重，李陵更想要和五千不懼生死的親兵共進退。「不需給馬匹，臣願以少擊多。」武帝聞聽李陵此言後大喜，並詔令當時駐守居延的強弩都尉路博德領兵在中途迎候李陵的部隊。李陵立即返回張掖，領兵向北進發。

路博德本是霍去病的部下，曾官至邳離侯，十二年前

作為伏波將軍率領十萬兵馬滅了南越❶，後因犯法被削爵貶官，駐守邊塞，淪落到如今的境地。按年齡來論，他與李陵可以父子相稱。如今讓這樣一位曾封侯拜相的老將聽命於李陵，其心中自然很不痛快。路博德在迎候李陵部隊的同時，派人上奏說：「如今剛入秋季，正值匈奴兵肥馬壯之時，以孤軍迎擊擅長馬戰的匈奴並非上策。如若聖上恩准臣等挨至來年春天，臣與李陵各率酒泉、張掖五千騎兵分別攻打東西浚稽山，那時必將大獲全勝。」當然，李陵對路博德上書之事一無所知。武帝覽奏後大為震怒，懷疑是李陵反悔怯戰，不想出兵而指使路博德上書。於是即刻下詔路博德：「李陵之前誇下海口要以少擊眾，如今匈奴侵入西河，你不可顧彼，速率你部趕往西河，堅守鈎營之道。」又飛馬傳詔李陵：「即刻發兵趕往漠北，到東浚稽山南面龍勒水一帶，偵察敵情，如無異常，則沿著淆野侯趙破奴走

---

❶　南越國（前 204 – 前 111），是秦朝將滅亡時，由南海郡尉趙佗起兵兼併桂林郡和象郡後於約前 204 年建立，於前 111 年為漢武帝所滅，傳五世，歷九十三年。國都位於番禺（今廣東省廣州市），疆域包括今天中國的廣東、廣西兩省區的大部分，福建、湖南、貴州、雲南的部分地區和越南的北部。南越國又稱為南越或南粵，在越南又稱為趙朝或前趙朝。

過的路線抵受降城休整。」詔書言辭激烈，詰問李陵為何臨陣怯戰。先不說敵眾我寡徘徊在敵地有多危險，胡地氣候惡劣，將士徒步行軍，車輛輜重全靠人力，單這被指定的數千里行程，對沒有馬匹的軍隊來說已是雪上加霜。武帝絕不是昏君，但和同樣不是昏君的隋煬帝、秦始皇一樣擁有共通之處。即便是寵妃李夫人的兄長做貳師將軍，因兵力不足而想要從大宛撤兵回朝，也觸到了武帝的逆鱗，直接將其關在了玉門關外。而征討大宛最初也只是想要奪取大宛的戰馬。天子一言九鼎，不管決定多麼任性荒謬，臣子都要無條件執行，更何況李陵目前的狀況本就是他自己懇請的結果。除了季節的因素和距離遙遠之外，李陵沒有任何躊躇的理由。於是，李陵踏上了沒有騎兵的北征之路。

在浚稽山山間駐紮十餘日，其間，李陵每日遠派偵察兵探測敵情自不必說，附近的山川地形也被無一遺漏地繪製成圖，上奏朝廷。李陵遣麾下陳步樂隨身攜帶上奏文書，騎上軍中不足十匹馬中的一匹，孤身一人回朝稟報。臨行前，陳步樂向李陵深深一揖，跨馬揚鞭疾馳而去。全軍將士懷著複雜的心情，目送著那一人一騎漸漸地消失在

灰茫茫的沙漠之中。

李陵率軍在浚稽山山間駐紮期間，浚稽山方圓三十里的範圍內並未發現匈奴的一兵一卒。

貳師將軍在夏天先於李陵出師天山並將匈奴的右賢王擊敗，但在回程途中，被另一支匈奴大軍圍困，遭遇了慘敗，軍中將士陣亡過半，就連貳師將軍自己也差點命喪黃泉。消息傳來，李陵對敵情進行預判。那麼，戰勝李廣利的敵軍主力目前位於何處呢？路博德和李陵分兵之後馳援的公孫敖將軍在西河、朔方一帶所禦之敵，從距離和時間推算都不可能是擊敗貳師將軍的敵軍主力，因為敵軍無論如何也不可能躍進四千里，那麼迅速地從天山到達鄂爾多斯。因此幾乎可以斷定，匈奴主力的位置就在李陵軍隊與北方郅居水 ❶ 之間。基於這一判斷，李陵每天都會登上山頂觀察敵情，但映入眼簾的總是一片茫茫平沙，由西至北是連綿起伏、樹木稀疏的山丘。除了不時有不知是鷹還是隼的飛鳥掠過之外，仍然未曾看到任何一個胡兵。

李陵軍的宿營地在峽谷當中一片稀疏的樹林邊上，營

---

❶ 漢朝時色楞格河古名，發源於蒙古境內庫蘇古爾湖以南，注入貝加爾湖。

地四周用兵車環繞，其內是一座座的軍帳。入夜，氣溫驟降。士兵只能尋找少得可憐的樹枝來焚燒取暖。隨著時間的推移，月亮漸漸隱去，也許是空氣乾燥的緣故吧，星星看起來十分美麗。平安無事地度過了十數日後，第二天終於可以拔寨撤離了。但就在這天晚上，一名哨兵一如這麼多天以來一樣，注視著閃著青冷星光的天狼星下那遠處漆黑的山巒時，突然發現星空的下方出現了一顆頗大的赤黃色星星。正驚訝時，那顆沒見過的巨大星星拖著冗胖的尾巴移動了，之後，兩顆、三顆、四顆⋯⋯越來越多。就在哨兵不由得想要叫出聲來的時候，剛才看到的那一幕彷彿都是夢境，遠處的燈火又一下子消失了。

接到哨兵的報告後，李陵命令全軍立刻做好戰鬥準備，待明天天亮出擊迎敵。隨後，他走出營帳，查點部署好各路將士後才返回大帳內休息，頃刻間鼾聲如雷。

第二天早上，李陵一睜開眼便走出大帳巡查。全軍已按昨晚的命令擺好陣勢，兵車在內，士兵在外，手持長戟和盾牌的士兵在前，持弓箭的在後，嚴陣以待。黎明前的黑暗裏，峽谷兩側的山巒格外沉寂，但隱約還是能感覺到岩石背後暗藏著的殺機。

朝輝射入谷口時，此前光禿禿的山上，一下子湧出了無數的胡兵，從山頂到山坡漫山遍野（大概匈奴的單于不拜朝陽不發兵吧）。他們呼嘯著殺下山來，喊殺聲震天撼地。當胡兵先鋒逼近到只有大約二十步的距離時，安靜的漢營才首次響起了鼓聲。瞬間萬箭齊發，數百胡兵齊齊倒下。間不容髮之際，漢軍前列的持戟士兵衝向了餘下想要逃跑的胡兵，胡兵陣腳大亂，潰不成軍，四下逃竄上山，漢軍追擊，又斃敵數千。

　　漢軍打了個漂亮的勝仗，但敵軍又怎會善罷甘休呢？僅是今日的敵軍就足足有三萬，從山上飄揚的旗號來看，幾乎可以肯定是單于的近衛軍。如若單于在此，那麼派出八萬乃至十萬後援都是有可能的，必須做好這個心理準備。李陵重新對局勢做出判斷後，下達了命令，改變原定計劃，不去東南方兩千里之外的受降城，即刻撤離此地向南進發，沿著半個月前的來路向南，希望盡早返回居延塞（相距一千餘里）。

　　部隊南撤的第三天正午時分，漢軍後方的北邊地平線上塵土飛揚，遮天蔽日，匈奴的騎兵尾隨追擊而來。約八萬胡兵憑藉騎兵行動迅速的優勢，僅用一天就將漢軍團

團包圍了。但鑒於前次的慘敗，胡兵並不敢逼近。只是一邊遠遠地包圍南撤的漢軍，一邊從馬上向漢軍射箭。李陵見狀，下令全軍停止南撤，就地佈陣準備戰鬥。但胡兵並不接戰，而是騎馬遠撤，躲避與漢軍正面對抗。但漢軍一開始行進，胡兵又再次靠近射箭。循環往復，漢軍的行軍速度明顯減慢，且死傷人數與日俱增。如同惡狼盯上了曠野中飢寒交迫的旅人一般，匈奴採用這拖死漢軍的惡狼戰法，窮追不捨，一點一點地消耗漢軍，伺機完成對漢軍的致命一擊。

如此且戰且退地南行數日後，漢軍在一個山谷得到了一天難得的休整。由於傷兵眾多，李陵一一點兵、查明負傷情況後，下令道：「負傷一處者仍需堅守，持兵器誓死抵抗；負傷兩處者互相協助推動兵車；負傷三處者可輪流乘兵車前行。」因為缺乏運輸能力，死去士兵的遺體只能安放在這荒野之中了。當晚，李陵在巡視營帳時，偶然間發現了輜重車中一女扮男裝的婦女。搜查全軍車輛後，發現同樣潛藏的女人有十多個。昔日，關東盜賊被判處死刑時，他們的妻兒就被驅逐流放到這西部邊陲。這些寡婦中，多數因窮困或再嫁與戍邊士兵為妻，或徹底淪為軍中

的娼婦。她們藏匿於兵車之中，不遠萬里，甚至跟隨至這漠北。李陵並沒有責罰帶她們前來的士兵，只是簡單地命令軍吏斬殺她們。被帶到山澗凹地上的女人不停地尖叫大哭，瞬間，那淒厲的哭喊聲像被深沉的夜所吞噬了一樣一下子消失了。軍帳內的將士聽著這一切，無不陷入了肅穆的沉思中。

次日早晨，一直尾隨的胡兵抵近來戰，漢軍一掃連日來被胡兵糾纏的滿腔憤懣，全力以赴，痛快地大戰了一場，僅敵軍丟棄的屍體就有三千多具。第二天，李陵率軍仍依照之前的計劃，沿著故龍城道南撤。胡兵因為吃了虧，又故技重施，使用起了先前的尾隨戰術，伺機而動。

第五天，漢軍踏入了一片沙漠中鮮見的沼澤地。水面雖已上凍，但泥濘依舊，深至膝蓋。滿目都是望不到盡頭的枯黃的蘆葦蕩。就在此時，一隊胡兵繞行至上風處，在蘆葦蕩中放起火來。風助火勢，在正午的陽光下，發白的火光快速地逼近了漢軍。李陵見狀，立刻命令迎著火勢燒掉附近的蘆葦和可燃物，總算是勉強抵禦住了匈奴的火攻。火雖控制了，但在這樣的沼澤中推車行進，其艱難程度無以言說。漢軍無處休息，在泥濘中艱難地行進了一

夜，次日一早，終於走進了丘陵地帶。然而就在這時，漢軍遭遇了早已迂迴埋伏在此的敵軍主力。人喊馬嘶，展開了一場空前激烈的肉搏戰。為了躲避敵軍騎兵的猛烈突擊，李陵命令捨棄兵車，將戰場引向山腳的一片樹林中。漢軍以樹林做掩護，弓弩齊發，射向胡兵，頗為奏效。現身陣前的單于及其近衛軍，面對漢軍的亂箭齊發，單于胯下的白馬因受驚而前蹄高舉，身體直立，將身著皂袍的單于掀翻在地。兩名親兵見勢不妙，在馬上一左一右將單于撈上馬，近衛軍立刻圍攏，保護著單于迅速地撤退了。戰鬥進行得激烈、膠著，雖然漢軍最終擊退了執拗的敵人，並斃敵數千，但漢軍自身也傷亡近千人。

李陵從捕獲的匈奴俘虜口中獲得了一些敵軍的信息。據俘虜供述，單于很是驚嘆漢軍的強韌，讚嘆漢軍能面對二十倍於己的匈奴大軍毫不畏懼。因此，單于懷疑李陵一行並非孤軍深入，他們日夜南撤是為了引誘匈奴大軍，大概是在附近隱藏著伏兵。前一天晚上，單于與各路將領商議對策時，說出了自己的疑慮。最後，匈奴將帥一致認為，漢軍在附近的確有可能埋有伏兵，但無論如何，單于親率數萬鐵騎卻不能殲滅區區幾千漢軍，這關乎匈奴的顏

面。因此，務必利用接下來向南的四五十里的山地，在山谷間再度猛攻，力爭在出了山谷時一戰擊潰漢軍。如若仍不能破敵，那時就立刻收兵北撤。聽聞此信，漢軍校尉韓延年及幕僚心中隱隱燃起了些許希望。

　　第二天，匈奴軍的攻擊果然很是猛烈，這大概就是俘虜口中所說的最後攻擊了吧。這一天匈奴軍發動了十數次猛烈的進攻，漢軍一邊給予有力的回擊，一邊向南撤退。經過三天的拚殺，漢軍終於衝出山谷進入了平原。然而，等待他們的卻是匈奴騎兵更為猛烈的圍攻。由於地勢平坦開闊，更加有利於騎兵作戰，因此，匈奴騎兵的進攻近乎瘋狂，想要一舉擊潰漢軍。但在漢軍的拚死回擊下只能丟下兩千餘具屍體撤退了。如若俘虜所言不假，接下來匈奴軍將會停止追擊。當然一個戰俘的話有多少可信度仍然存疑，但漢軍上下悄然鬆了一口氣卻是不爭的事實。

　　但就在當天晚上，一個叫管敢的軍侯逃離漢營投降了匈奴。管敢曾是長安城的一個惡人，昨晚，因其偵察敵情時出了紕漏而被校尉、成安侯韓延年當眾責罰。再者，李陵先前下令斬殺軍中婦女時，其妻子也在其中。他因此懷恨在心。逃到匈奴軍營後，因他知曉先前被俘胡兵的供

述，故而一被帶到單于面前，他就全力說服單于道：「李陵軍無後援，完全沒有必要因害怕有埋伏而撤退。並且漢軍箭矢已盡，加之負傷者不斷增加，行軍很是困難。漢軍主力就是李陵將軍麾下和成安侯韓延年手下各八百人，分別以黃、白二色為旗，明日派精銳騎兵集中攻擊，只要擊而破之，必能大獲全勝。」單于聞聽大喜，厚待管敢，立刻撤銷了退兵的命令。

次日，匈奴精兵一邊高呼「李陵、韓延年快降！」一邊全力絞殺黃、白旗的漢軍。由於匈奴軍攻勢強勁，漢軍漸漸力不能支，偏離了原定道路，被包圍在西面的一個山谷之中。匈奴軍從四面的山坡用弓弩攻擊漢軍，頃刻間箭如雨下。漢軍雖想反擊，但無奈箭已全部射光。出遮虜鄣時，五千士兵每人各備一百支箭，但時至今日，五十萬支箭已悉數射盡。不僅是箭，全軍的刀槍矛戟也折損過半。真正是刀折矢盡，彈盡糧絕。赤手空拳的兵士無奈之下，只能斬斷車輪當武器，軍吏也只有短刀。越往谷裏走，空間越狹窄。胡兵居高臨下，從崖上拋下巨石，其殺傷力遠勝弓箭，漢軍死傷者劇增，無法脫身。

當晚，李陵換上便衣，禁止任何人跟隨，獨自出營

去了。從浚稽山撤離時夜如鍋底，伸手不見五指。但如今明月如畫，月光射進山谷，山澗中是堆積如山的屍體，鋪滿山坡的白霜在月光下如同被水洗過一樣濕漉漉的。營中的將士單從李陵的服裝來看就不難猜測，李陵是準備隻身涉險刺探敵情，如果運氣好的話，他定會刺殺單于。過了好久，李陵還沒有回來，大家都屏住呼吸焦急地窺探著外邊的情況。遠處山頂上，從敵營中傳來了陣陣胡笳的吹奏聲。許久之後，李陵悄無聲息地掀起帷帳進到軍營，一落座便嘆息道：「兵敗如此，唯求一死！」滿座寂靜。一軍吏說：「將軍威震匈奴，陛下不會讓您死，以後可想別的辦法回去，像浞野侯趙破奴雖被匈奴俘獲，但幾年後逃回去，陛下仍以禮相待，何況對將軍您呢！」李陵打斷他的話，說：「先不說我，要是我們有數十支箭的話就能突出重圍去，但目前，我們刀折矢盡，如果坐以待斃到明天天明就只有束手就擒了。今晚不如各自作鳥獸散，或許還可能有逃回去報告陛下的人。據觀察可知，目前我們處在汗山的北面山地中，到居延還有幾天的行程，雖無十分把握能夠安全逃離，但再也別無他法。」諸將領也點頭表示同意。李陵令將士每人攜帶兩升乾糧，一大塊冰，約定在邊

塞遮虜部會合。將士將軍旗放倒砍斷埋於地下，為防敵軍使用，將帶不走的武器兵車就地擊毀。夜半時分，擊鼓為號，全軍突圍。李陵和韓延年率領十多名壯士騎馬在前，目的是衝出峽谷的東口來到平地，接著向南撤退。

臨近黎明時分，月亮早已落下。因攻敵不備，三分之二的李陵軍順利突圍。但是，立刻就遭到了敵軍騎兵的追擊。雖然大部分步兵被殺或被俘，但仍有數十人趁著混戰奪取了敵軍的戰馬，揮鞭南去。李陵確認了擺脫敵軍追擊的士兵達到百餘人後，又策馬返回了峽谷入口的修羅場，衝入敵群，往來衝殺。這時，李陵已經多處受傷，流血不止，征衣上已是血跡斑斑，無法分辨是自己的血還是敵人的血。和他一起的韓延年早已戰死。眼見全軍盡失，李陵自覺已無顏面再見天子，黑暗中，敵我難辨，他挺起戰戟，以必死的信念左突右衝，奮力殺敵。突然，李陵的戰馬被流矢射中，無力地向前倒去。幾乎就在同時，李陵也被重物擊中後腦昏死了過去。頃刻，胡兵裏三層外三層地撲向滾落下馬的李陵。

二

　　李陵所率漢軍五千，自九月出發至十一月，短短兩個多月的時日，最終只有不足四百人輾轉回到了邊塞。傷兵滿營，將軍也生死未卜，傷亡可謂極其慘重。軍情立刻通過驛站傳到了都城長安。

　　不出所料，武帝並沒有生氣。原因有二，一是連李廣利率領的漢軍主力都吃了敗仗，又怎麼會對李陵的一小支孤軍寄與太多的希望呢！其二，武帝認定李陵早已兵敗戰死。讓人覺得悲慘卻又無可奈何的是，之前作為李陵信使的陳步樂在這樣的狀況下必須自我了斷。因他帶來捷報說「前線無異常，全軍士氣高昂」，武帝因此還將他留在了都城，並擢為騎都尉屬下典軍校尉。然世事難料，現下卻落得如此下場。

　　第二年，即天漢三年春，當武帝得知李陵沒有戰死，而是被捕後淪為俘虜的確切消息後，勃然大怒。即位四十餘年，武帝雖已近花甲，但性情卻比年少時更加暴烈。此時的武帝極度信奉神怪，因此被自己所供奉的「仙人」多次欺騙。此時的漢朝正處鼎盛時期，做皇帝五十多年，至

中年以後，武帝越發留戀自己的帝位，對死亡很是恐懼。正因如此，被方術仙士欺騙對他打擊巨大。隨著時間的推移，這樣的打擊使得原本生性豁達的武帝內心深處滋生了對人的不信任和對群臣的猜忌，這直接導致像李蔡、青霍、趙周等丞相接連被誅殺，以及時任丞相的公孫賀不顧體面在武帝面前失聲痛哭。在硬漢汲黯辭官歸隱後，武帝身邊的群臣就只剩下一些奸佞或酷吏。

武帝召集眾臣商議如何處置李陵。由於李陵本人不在京師，故而對他的處罰全部都歸結到他的家眷及家產上。有一廷尉，素以酷吏聞名，極諳察言觀色、阿諛奉承之道，在法律的邊緣曲解法律以迎合武帝。有大臣以法律的權威性對其發難，他卻反詰道：先皇的「是」是律，當今皇上的「是」是令，皇上的意思不就是法律嗎！朝中一眾臣子盡皆與廷尉無異，從丞相公孫賀、御史大夫杜周、太常到趙弟及以下，並無一人願意冒著觸怒皇上龍威的風險為李陵辯護，反而極盡口舌辱罵李陵賣國，甚至發出「一想到和李陵這樣的賣國賊同朝為官實感羞恥」這樣的言辭。

滿朝之中，有一個人正在厭惡地看著眼前發生的這一切。這個人就是太史令司馬遷。他心想，如今誣陷李陵

之人，不正是幾個月前還曾舉杯為其餞行，祝其早日得勝歸來之人嗎？當漠北傳來消息說李陵所率部隊健在時，不正是這些人交口稱讚李陵不愧是飛將軍李廣之孫，孤軍奮戰，著實勇氣可嘉嗎？如今就都是一副落井下石的嘴臉！

他對武帝的舉動亦是頗為不解。以武帝之聰明，明明可以輕易識破群臣的讒言和誣陷，卻因不想聽真話而默不作聲。這一切都太不可思議了！不，不是不可思議，而是人本是如此！司馬遷雖然早就了解人性如此，但還是很痛心。作為太史令位列朝綱，武帝當然也徵詢了他對此事的看法，他實事求是地讚揚了李陵：「李陵孝敬長輩，待人真誠，經常奮不顧身解救別人於危難之中。從他的一貫表現來看，頗有國士之風。今日他發生了不幸的事，那些貪生怕死的臣子為了保全身家性命，誇大其罪，任意誣陷，著實令人痛心！況且李陵只率領不到五千的步兵，長驅直入匈奴腹地，面對數萬敵軍，仍使匈奴自顧不暇，以致招來全部會射箭的民眾一同圍攻李陵。李陵轉戰千里，箭盡路絕，士兵拉的是空弩，冒的是白刃箭雨，仍然在同敵人殊死搏鬥，能得到士兵此番賣力拚死搏鬥，古往今來唯李陵一人。他雖然戰敗被俘，然而他重創敵軍的戰績，足以讓

其光耀天下。李陵之所以苟延殘喘，完全是為了有朝一日還可以繼續報效朝廷，為天子效力啊。」

司馬遷的一番話，驚得群臣目瞪口呆。他們畏畏縮縮地抬頭看看被氣得太陽穴青筋突起、渾身顫抖的武帝，心裏冷笑道：「竟敢說我們是貪生怕死誣陷朝廷良將的臣子，看著吧，看看你的下場！」

司馬遷剛一奏畢，立刻就有「貪生怕死只顧保全身家性命的臣子」出班奏道：「司馬遷與李陵私交甚篤，和貳師將軍頗有嫌隙。他褒獎李陵就是為了陷害先於李陵出兵卻兵敗而返的貳師將軍。一個負責星象占卜的小小太史令，竟如此出言不遜，詆毀群臣，應當治罪。」令人驚奇的是，司馬遷竟然先於李陵的家人被定罪，翌日便被交由廷尉施以宮刑。

在古代中國，主要的刑罰有墨、劓、刖和宮刑四種。武帝的祖父文帝時期，廢除了前三種，只有宮刑被保留了下來。所謂宮刑，就是讓男人失去男性特徵的恥辱的刑罰，也稱為「腐刑」。究其原因，一說是因為傷口處釋放腐臭而得名；另一說是因為讓男人淪落為沒有生育能力的朽木般的物種。受過該刑罰的人又被稱為閹人，宮廷宦官中

的大部分人受過此刑。司馬遷就被處以此種刑罰。雖然後世我們因為《史記》這部恢宏巨製對司馬遷評價極高，但當時的太史令司馬遷僅僅是個渺小的刀筆吏。他雖能力出眾，但自視過高，不善交際，與人爭論時言辭犀利從不肯輸於人，因剛愎孤僻的性格經常被人在背後指點。所以，即便說他被施以腐刑，也無人驚訝。

司馬遷祖上原是周朝的史官，後歷經入晉、侍秦，至漢朝時，其第四代傳人司馬談，也就是司馬遷的父親侍奉武帝，並於武帝建元年間做了太史令。司馬談除了深諳音律、刑罰、天文占卜之外，還精通道、儒、墨、法等各家之說，更難得的是，他可以把這些知識融會貫通，運用自如。司馬談認為自己的優良品質和文學造詣完全遺傳給了兒子，他給兒子最大的教育就是傳授完各家之說後讓兒子雲遊四方，這在當時是極為鮮見的。但正是這些經歷為司馬遷日後成為歷史大家奠定了基礎。

元封元年，武帝東巡泰山，並在山上舉行祭祀天地的大典之時，司馬談卻因病留在了周南，未能隨行。他因此終身抱憾，後抑鬱憤懣而死。編纂貫穿古今的通史是他的夙願，但僅僅收集材料就耗費了他畢生的精力。他臨終前

的情況被兒子司馬遷詳細記錄在《史記》的最後一章中，據此可知，當他知道自己行將就木時，他緊握著兒子的手痛心地說著編史的重要性，哀嘆自己沒有機會再從事此事，而讓賢君忠臣的事跡淹沒在歷史的洪流中。「余死，汝必為太史；為太史，無忘吾所欲論著矣。且夫孝始於事親，中於事君，終於立身。揚名於後世，以顯父母，此孝之大者。」反覆告誡後，司馬遷俯首流涕曰：「小子不敏，請悉論先人所次舊聞，弗敢闕。」

司馬談去世兩年後，司馬遷順理成章地承襲了太史令一職。他本打算利用父親收集的資料及宮廷所藏的密冊，立刻著手編史，但因承擔了修改曆法的任務，所以，直到四年後即太初元年，司馬遷在完成了曆法的修改之後才開始《史記》的編纂，時年他四十二歲。

司馬遷其實早已完成了新撰史書的腹稿。他腹稿中的史書和以往任何一本史書的形式都不相同。他認為，作為以道義為衡量標準的史書，當首推《春秋》。但這部書在歷史史實的記述方面卻差強人意，比起教訓應添加更多的史實。《左傳》和《國語》的確都記錄了許多史實。《左傳》敘事的巧妙手法讓人驚嘆，但是對事件中的人物探求不

足，雖然每個人彷彿都躍然紙上，但並沒有對這些人進行嚴格全面的調查，這令司馬遷非常不滿。迄今為止的史書總是著眼於對過往歷史的記載，而缺乏給後人的警示。因此，傳統的史書是無法滿足司馬遷的。但對於傳統史書的積弊，他自己也是開始寫的時候才逐漸清晰起來。比起對傳統史書的批判，司馬遷最想表現的是自己心中的憤懣，而他的批判實際上是一種創新。雖然他並不確定自己長期以來在腦海中的構想是否真的可以稱之為「史書」，但是無論如何，他堅信自己所想就是他不得不寫的東西，無論是對世人、對後代，還是對自己來說。司馬遷效仿孔子，採取「述而不作」的方式作史，當然兩者是有區別的。對於司馬遷來說，單純地按編年體列舉事件這樣的「述」是沒必要的，而妨礙後人知道事實本身道義上的評判這樣的「作」也是必須排除的。

從漢朝一統天下到武帝時代，已經歷經五代近百年了，因秦始皇的焚書坑儒所銷毀或隱匿的書籍逐漸得以現世，呈現出了一派生機勃勃的文化景象。同時，不僅是漢家朝廷，時代也在呼喚著新纂史書的出現。就司馬遷個人來說，有父親臨終遺訓的激勵、父親生前對他的培養，他

在觀察能力、思考能力以及文字表達方面已經具備了將史書一氣呵成的能力。因此，起初的撰寫工作進展得非常順利。甚至可以用順利得令人難以置信來形容。從開始的《五帝本紀》到夏殷周秦本紀前後，他就像一個技藝超凡的技師，在材料的安排、記述的嚴密性等方面，幾乎無可挑剔。但是，在寫完秦始皇後，進入到《項羽本紀》時，他這個技師似乎忽然失去了應有的冷靜，或是感到被項羽附體，或是自己變身成了項羽，儼然已經與項羽渾然一體。

　　項王則夜起，飲帳中。有美人名虞，常幸從；駿馬名騅，常騎之。於是項王乃悲歌慷慨，自為詩曰：「力拔山兮氣蓋世，時不利兮騅不逝。騅不逝兮可奈何，虞兮虞兮奈若何！」歌數闋，美人和之。項王泣數行下，左右皆泣，莫能仰視。

「能這樣寫史嗎？」司馬遷開始疑惑了。原因在於他對「作」的極度警惕。他認為自己的工作是極盡式的「述」。他確實只陳述了事實，但卻是採用生動的描寫手法，是沒有特殊想像力者所難以企及的記述方式。由於過於擔心

「作」，他會回過頭來重新審讀已完成的部分，刪掉那些讓歷史人物如現實人物般栩栩如生的語句。這樣一來，那些人物鮮活的呼吸確實沒有了，也沒有了對「作」的任何擔心，但他時常自問，這項羽還是項羽嗎？項羽、始皇帝和楚莊王似乎都變成了同一個人。不同人被記述為同一人，這稱得上「述」嗎？！「述」難道不是人各有異嗎？這樣一想，他又重新添上了那些先前刪除的字句。如此這般，司馬遷才終於滿意了。是的，連同那些歷史人物，項羽、樊噲和范增等，大家都在各自的歸屬中安心了。

　　幾年來，司馬遷可以說過著幸福而充實的生活（當時的幸福雖然和現代人追求的幸福內容不同，但對幸福的追求相同）。司馬遷性情極其灑脫，笑得開心，氣得純粹，喜好辯爭，並以駁得對手體無完膚為樂，是個永不妥協的人。然而，幾年後，突然大禍臨頭了。

三

　　於混戰中失去知覺的李陵，終於在點著獸脂油燈、燒著獸糞的單于大帳裏甦醒了過來。瞬間，他便對自己的處

境做出了判斷。或是自刎以免其辱，或是暫且降敵然後再找機會逃走，為的是建立功勳以贖敗軍的罪責。除此之外別無出路。李陵果斷地決定選擇後者。

單于親自替李陵解開了綁縛在身上的繩索，並極盡熱情與真誠，厚待李陵。且鞮侯單于 ❶ 是上一代呴犁湖單于 ❷ 的弟弟，是個體格健壯、巨眼赤鬚的中年魁梧男子。他坦率地說，自己先前曾跟隨數代單于與漢軍交戰，但未曾遇到過像李陵這樣難纏的對手。他甚至還將李陵與其祖父、射石搏虎的飛將軍李廣相比，稱讚李陵的驍勇善戰。單于告訴李陵，李廣的驍名至今仍在胡地廣為流傳著。李陵能受到優待，不僅因為他是英雄的後代，更因為他自身也很強大。瓜分食物時，強壯者獲得美味，老弱者只能有殘羹冷炙，這是匈奴的一貫做法。在這裏強者是絕對不會受到羞辱的。因此，降將李陵被賜予了一間氈帳和數十名侍者，並以賓客之禮受到款待。

---

❶ 西漢匈奴單于。為亞洲古匈奴的君主之一，他於前 101 年接任呴犁湖單于擔任匈奴單于，前 96 年卒於任。

❷ 為亞洲古匈奴的君主之一，他於前 102 年接任烏師廬兒單于擔任匈奴單于，前 101 年卒於任。

對李陵來說非常新奇的生活就這樣開始了。住的是穹廬氈帳，吃的是牛羊馬肉，喝的是酪漿、獸奶、乳酪酒，穿的是用狼皮、羊皮、熊皮縫合而成的裘衣。匈奴人的生活中，除了畜牧、狩獵和搶掠之外，並無其他內容。匈奴是一個既沒有城郭又沒有田地的國家，在一望無際的高原上，根據河流、湖泊和群山形成了自然邊界。除了單于的直轄土地之外，其餘的土地被分為左賢王、右賢王、左谷蠡王、右谷蠡王等諸王侯的領地，牧民的移居只能在各自的邊境範圍之內。雖然偶有村落，但隨著季節的變化，人們會追逐著水源和草場不斷遷徙。

　　李陵沒有被授予土地，終日與單于麾下的諸將一直跟隨著單于。李陵時刻不忘尋找時機刺殺單于，但並沒有獲得什麼機會。因為即便是殺死了單于，要想帶著他的首級安全脫逃，也是難於登天。更何況如果在胡地將單于擊殺，匈奴一定會將這有損自己顏面的事實秘而不宣，消息也難以傳到朝堂之上。於是，李陵一直在耐心地等待著那個幾乎不可能的機會到來。

　　單于手下除了李陵，還有幾位投降的漢人。其中有一位叫衛律的男子，他雖不是行伍出身卻被封為丁零王，最

受單于重用。衛律的父親是胡人，但他卻生長於長安，武帝時期曾在漢朝為官，因怕被協律都尉李延年事株連，前些年逃走回歸了匈奴。畢竟是胡人血脈，衛律很快就適應了胡地的生活，並且他也頗是個人才，因此，經常出入且鞮侯單于的軍帳，為其出謀劃策。李陵幾乎不與投降匈奴的漢人說話，這個衛律也不例外，因為他覺得沒有人和他一起做他腦中策劃的那件事。而其他的漢人降將之間也關係尷尬而微妙，互不親近。

單于向李陵請教過一次軍事戰略上的問題。因為那是對東胡的戰爭，所以李陵爽快地闡述了自己的意見。之後，單于又一次要求李陵出謀獻策，但由於這次是關於對漢軍作戰，李陵滿臉厭惡之色，緘口不言。單于也沒有強求他。那之後過了很久，單于命李陵作為侵略代上郡的匈奴軍的一名將領隨軍南征。李陵堅稱「不與漢軍兵戈相向」，果斷地予以拒絕。之後，單于再沒有對李陵提出過類似的要求。對他的待遇也一如既往，只是因為愛惜英雄而優待他。總之，李陵認為這位單于是個君子。

單于的長子左賢王是個二十歲剛出頭、雖然粗獷但勇氣可嘉的青年。對於李陵，他表現出了非同尋常的好

感。與其說是好感，不如說是尊敬也許更加貼切。那是一種對強者的讚美和敬服，純粹而強烈。他一開始到李陵這裏來，是要求李陵教他騎射。但在騎術方面，他一點也不遜於李陵，尤其是駕馭裸馬，他的技術遠在李陵之上，所以李陵決定只教他射箭。左賢王是個刻苦鑽研的弟子。當講到祖父李廣在射箭方面的技藝出神入化的時候，這個胡族青年聽得滿眼放光。他們二人經常只帶很少的隨從，一起結伴去狩獵。在茫茫的曠野上，兩人隨心所欲地縱橫馳騁，射獵狐狸、狼、羚羊、野雞等各種動物。有天傍晚，當兩人將隨從遠遠地甩在身後，箭也用光了的時候，突然被一群狼圍住。李陵在前，左賢王在後，兩人奮力策馬衝出狼群，這時一隻惡狼突然躍起咬住了李陵的戰馬臀部。危機之中，只見隨後趕來的左賢王揮手一刀將惡狼攔腰斬斷。脫險後一看，兩個人的戰馬都已被狼群撕咬得遍體鱗傷，全身是血。就在遇險的那天晚上，大家在帳篷裏一邊呼呼地吹著熱氣，一邊愉快地享受著用捕獲的獵物烹製的美味時，李陵突然對眼前這位臉被火光照亮的年輕的藩王之子產生了一種複雜的類似於友情的感情。

　　天漢三年秋，匈奴又一次進犯雁門。為了報復，天

漢四年，漢朝廷派貳師將軍李廣利，率騎兵六萬、步兵七萬出兵討伐匈奴，強弩都尉路博德領軍萬餘為李廣利接應。同時，分別遣因杅將軍公孫敖率一萬騎兵、三萬步兵出戰雁門，游擊將軍韓說率步兵三萬出戰五原，開始了近幾年不見的大規模北伐。單于得報後，立刻將婦女老幼、牲口財產等全部轉移至余吾水（今蒙古土拉河）以北，親率十萬精騎在余吾水南岸的大草原迎戰李廣利、路博德的軍隊。連戰十餘天後，漢軍最終無奈退兵。拜李陵為師的年輕的左賢王，率另一隊人馬向東迎戰因杅將軍公孫敖，大獲全勝。漢軍的左翼韓說將軍所率大軍也一無所獲，無奈也退兵了。至此，規模空前的北伐以完敗告終。李陵像以往一樣沒有出現在前線，而是撤退到了余吾水以北。但當他發現自己竟然悄悄掛念著左賢王的戰績時，不由得感到了愕然。當然，從整體來說，他盼望著漢軍能夠高奏凱歌。但不知怎的，他唯獨不希望左賢王戰敗。李陵為此感到特別自責和愧疚。

那個被左賢王打敗的公孫敖回到長安後，因損兵折將且徒勞無功而被捕入獄。他為自己辯解稱「據敵軍的俘虜說，匈奴軍之所以強悍，是因為從漢朝投降的李將軍常常

練兵、教授軍事戰略，以抵禦漢軍」。即使如此，這也不能成為自家兵敗的理由，所以，因杅將軍並沒有獲得赦免。但漢武帝聞聽此事後暴怒不已，將先前已經赦免了的李陵一族復又投入監牢，並將上自李陵的老母，下至其妻、兒女、弟弟全數斬殺。當時隴西（李陵老家是隴西）的士大夫都以李陵不能以死全節、累及家室為恥。

李陵得知這個消息是在大約半年之後，是一個在邊境被俘的漢軍士兵告知的。李陵聞聽後，突然站起來抓住了那個士兵的領口，一邊用力地搖撼著那個士兵一邊確認消息的真偽。當得知消息屬實後，他牙關咬緊，兩手緊握，那個士兵痛苦地掙扎著、呻吟著。原來李陵在無意識間已經掐住了他的喉嚨。他手一鬆，那個士兵撲通一聲癱倒在了地上。李陵看都沒看他一眼，飛奔出了氈帳。

李陵在原野上狂奔，暴怒的情緒在他的頭腦中捲起了漩渦。他想起老母親和幼子，心像被灼燒一般，但他沒流一滴眼淚。也許是太過憤怒，眼淚也乾涸了吧。

不僅僅是這次，迄今為止，漢家朝廷又是如何對待李氏一族的呢？李陵想起了祖父李廣臨終時的情形。（李陵的父親李當戶在他出生數月之前離世，李陵就是所謂的

遺腹子。所以從小培養、教育他的就是聞名天下的祖父李廣。）名將李廣多次北伐建功，皇上卻受身邊奸佞蒙蔽，並未封賞李廣。就連李廣的部下諸將都晉爵封侯，只有清廉的李廣，別說是封侯了，始終沒有加官晉爵，不得不甘於清貧。後來他和大將軍衛青起了衝突。雖然衛青對這位老將軍憐憫有加，但他部下的一個軍吏卻狐假虎威，羞辱李廣。氣憤至極的老將軍當場自刎。李陵到現在也還清楚記得得知祖父去世當天自己放聲痛哭的情形。

李陵的叔父（李廣的三子）李敢的結局又是怎樣的呢？李敢因父親的慘死而對衛青心懷怨恨，他獨自來到大將軍衛青的府邸想要報仇雪恨，打傷了衛青。大將軍的外甥驃騎將軍霍去病得知後，在甘泉宮狩獵時將李敢射殺。武帝雖知曉事情的原委，卻為了包庇驃騎將軍，命令對外宣稱李敢是撞到鹿角上死的。

和司馬遷的情況不同，李陵在受到屈辱時顯得更為簡單，那就是充滿了憤怒（除了後悔沒能斬殺單于，然後將其首級拿回長安請功的計劃早日實施之外）。他想起了剛才那個被俘漢軍所說的「陛下聽聞在胡地的李將軍練兵以防備漢朝而勃然大怒」。李陵終於明白了。其實造成皇帝這樣

誤解的是同樣投降的漢朝將領李緒，原來作為塞外都尉鎮守奚侯城，投降匈奴之後經常教授匈奴軍軍事戰略、幫助匈奴練兵。半年前曾跟隨單于和漢軍對戰（雖然不是公孫敖的軍隊）。李陵想一定是這樣的，同樣都是李將軍，他們把自己和李緒弄混了。

當晚，李陵一個人來到李緒的營帳，一言不發，刺死了李緒。李緒連哼都沒哼一聲就斃了命。

第二天早晨，李陵來到單于的面前說明了事情的原委。單于告訴他不要擔心，只是母親大閼氏那邊會有點麻煩。原因是單于的母親大閼氏雖然年紀很大了，但和李緒卻有著不正當的男女關係，單于對此心知肚明。根據匈奴的風俗，父親去世之後，長子要把亡父的妻妾全部繼承過來，當作自己的妻妾，只是生母不在其中。對於生母的尊敬，在極度男尊女卑的胡地也是存在的。因此，單于告訴李陵暫且先去北方躲避一下，等事態平息之後會派人去接他回來。李陵遵照單于所言，帶著隨從，前往西北部的兜銜山（額林達班嶺）暫避風頭。

不久，大閼氏病故，李陵隨即被單于召回。然而，重新回到單于身邊的李陵與之前竟似判若兩人。因為之前的

他對於匈奴與漢朝的戰事絕不參與，而今竟主動要求出謀劃策。單于看到這一變化喜出望外，即刻任命李陵為右校王，並將自己的女兒嫁給了他。單于要把女兒許配給李陵這件事以前也提過，但都被李陵拒絕了。但這次李陵毫不猶豫就同意了。此時正好有一支軍隊要南下劫掠酒泉、張掖一帶，李陵便主動請纓隨軍一起行動。然而，大軍此去正好經過浚稽山，李陵的心情一下子變得沉重起來。回想起那些跟隨自己戰死在這片土地上的部下，行進在這片埋有他們屍骨、沾滿他們鮮血的沙漠上，聯想到自己目前的境遇，李陵瞬間便失去了與漢軍作戰的勇氣。他稱病一個人返回了北方。

第二年，即太始元年，且鞮侯單于去世，和李陵親近有加的左賢王繼承了單于位，稱作狐鹿姑單于。李陵雖然已經身為匈奴的右校王，但內心仍很矛盾。即使被漢朝滅族的仇恨深入骨髓，但李陵還是無法親自率兵與漢軍決戰疆場，之前的例子就是明證；雖然發誓不再踏入漢地一步，但即便和新單于有不錯的交情，李陵仍然對歸化匈奴、安然度過一生缺乏自信。每每考慮到這些讓他焦慮的事情時，李陵就會獨自騎著駿馬奔向曠野。在一碧如洗的秋空

下，只有嗒嗒的馬蹄聲在迴響。跨過草原，翻過丘陵 ……
不知奔馳了幾十里，當人和馬都累了的時候，才在高原上
找了一條小河，下到河畔讓馬飲水。李陵自己仰面躺在草
地上，看著純淨、廣闊的藍天，不由得感慨道：「我們都只
不過是天地間一顆微不足道的粒子，為何要糾纏於胡漢間
的恩義情仇？」休息片刻後，李陵又跨上馬背，瘋了似的
向曠野深處奔馳而去，直到太陽落山才返回營帳。也許只
有疲勞才能讓他不再焦慮。

　　有人告訴李陵，司馬遷為了幫他辯護而獲罪的消息。
對此，李陵既沒有特別感激司馬遷，也沒有覺得他可憐。
他雖和司馬遷互相認識也打過招呼，但並沒有什麼交情，
李陵甚至覺得司馬遷就是個喜歡與人爭辯的令人生厭的傢
伙。再加上現在的李陵在感受他人不幸的時候，都會拚命
地和自己的痛苦做比較，即使沒到覺得司馬遷在多管閒事
的地步，事實上也沒有對他感到歉意。

　　隨著時間的推移，李陵漸漸地理解到，自己原本覺得
粗俗而滑稽的胡地風俗，實際上是非常符合當地的風土、
氣候的。因為如果不穿獸皮縫製的胡服，就無法抵禦北方
的嚴寒；如果不主食肉食的話，人體內就無法蓄積抵抗寒

冷的熱量；沒有永久的房屋、建築也是緣於他們的生活形態的必然選擇。不能因為這些原因就不分青紅皂白地貶低胡人。如果想要保持漢人的風俗的話，那麼在胡地是連一天也無法生存的。

李陵還記得且鞮侯單于說過的話。單于說：「漢人言必稱自己的國家為禮儀之邦，而把匈奴毀謗為無異於禽獸。那漢人所謂的禮儀到底為何物？難道不只是把醜陋的事物粉飾得很美嗎？就好利、嫉妒而言，漢人和胡人究竟誰更甚呢？說到好色、貪財之事又是如何呢？除表就裏而言，胡人和漢人其實並無二致。只不過漢人知道去掩飾這些，而我們胡人不知道罷了。」單于言及自漢初以來，漢室內部骨肉相殘，臣子之間排擠誣陷之事層出不絕時，李陵竟也無言以對。作為一介武夫，李陵對那些煩瑣的禮儀也充滿了疑惑。在他看來，胡人的所謂粗野坦率要比藏在美名下的漢人的陰險狡詐好得多。李陵漸漸覺得，從根本上斷定華夏的風俗是高尚的，胡地的風俗是低賤的，這其實就是漢人的偏見！

李陵的妻子是個十分老實本分的女人，在丈夫面前總是怯生生的，不怎麼說話。可是他們的兒子一點也不害怕

父親，顫顫巍巍地在李陵的膝蓋上爬來爬去。看著這個孩子，李陵不由得想起了多年前留在長安，最後和母親、祖母一起被殺害的孩子的模樣，悵然失意。

早在李陵投降匈奴的前一年，漢朝的中郎將蘇武被扣留在了胡地。

蘇武本來是作為和平使節被派來進行戰俘交換的。但因為隨行的副使介入了匈奴的內部糾紛，使節團的全體成員都被關押了起來。單于並沒打算殺他們，而是以死相逼，迫使他們投降匈奴。然而，蘇武不僅堅決不降，為免受辱，拔刀自刺。對待昏死過去的蘇武，胡醫的手段倒是非常奇特。據《漢書》記載，胡醫在地上挖了一個坑，在坑中點上火，然後把蘇武放在坑沿上，踩他的背讓積血流出。多虧了這個粗魯的治療方式，蘇武在昏死了半日之後又活了過來。且鞮侯單于因此對蘇武十分欽佩。數月之後，待得蘇武身體恢復，單于立刻派之前提到的近臣衛律前去勸降。衛律遭到了蘇武的臭罵，覺得非常丟人，無功而返。那之後就是大家已經耳熟能詳的各種有關蘇武的故事，比如：蘇武被囚地窖，旃毛和雪而咽的故事；蘇武牧羊的故事；蘇武持節不屈十九年的故事；等等，在這裏就

不贅述了。總之，就在李陵無奈之下打算在胡地度過餘生的時候，蘇武已經在北海獨自牧羊很久了。

對李陵來說，蘇武是二十多年的好朋友，曾經還一起擔任過侍中的官職。李陵雖然覺得蘇武特別固執，但確實是個很罕見的剛毅之士。天漢元年，蘇武出使不久，他的母親就病故了。李陵還親自送葬至楊陵。李陵在出征前還聽說了蘇武的妻子在得知丈夫不會回轉後已經改嫁了的傳言。那時，李陵對這位妻子的見異思遷感到非常生氣。

然而，命運弄人，李陵無論如何也沒想到自己會投降匈奴。事到如今，他也沒有想要再見蘇武的想法了。甚至可以說，蘇武被流放到遙遠的北海，不用與其見面讓李陵感到了些許的輕鬆。尤其是自己的家人被殺，已無心歸漢之後，李陵更是竭力迴避與這位「持有漢節的牧羊者」見面了。

狐鹿姑單于在繼承單于位的幾年後，忽然想起了這位父親最終也沒能降伏的不屈的漢使。單于將確認蘇武的死活、並勸其降服的事託付給了李陵，因為他聽說李陵和蘇武是朋友。無奈之下，李陵只好奉命向北海出發了。

沿著姑且水向北行至與郅居水的交匯處，穿過西北

方的森林地帶，沿著到處還殘留著積雪的河岸行進了多日之後，終於在森林和原野對面看到了北海的碧水。居住在此的丁零族嚮導將李陵一行人帶到了一處極其簡陋的圓木小屋前。小屋裏住著的人因為聽到了罕見的人聲，十分吃驚，手持弓箭來到屋外。李陵費了些周折才依稀分辨出了眼前這個從頭到腳披著毛皮，鬍鬚蓬亂，像熊一樣的漢子就是曾經的栘中廄監❶蘇子卿。而面對著眼前這個身著胡服的大官，蘇武更是花了很長時間，才認出面前的人就是曾經的騎都尉李少卿。因為蘇武並不知曉李陵已經向匈奴投降了。

　　李陵的內心激動，之前不想和蘇武見面的那些想法也瞬間拋在腦後。兩個人互相凝望著，激動得幾乎什麼也說不出口。

　　李陵的隨從在附近建起了幾個氈帳，這個人跡罕至之地瞬間變得熱鬧起來。準備好了的酒菜立刻端進了蘇武的小屋，久違了的歡笑聲在夜裏傳得很遠，甚至驚動了樹林

---

❶ 栘中廄監：管理栘中廄的官。漢宮有栘園，園中馬廄叫栘中廄。掌管皇帝鞍馬鷹犬射獵工具的官。

裏的鳥獸。

對李陵而言，談及自己是如何最終投降匈奴之事的確是很痛苦的。但李陵絲毫不加辯解，將事實全都告知了蘇武。蘇武則是輕描淡寫地講著他這些年可以用淒慘來形容的生活。幾年前，匈奴的於軒王到北海打獵時，曾偶遇蘇武。他同情蘇武的遭遇，在三年間一直供給蘇武衣服糧食之類的應用之物。但於軒王死後，在冰凍的大地上，蘇武只能捕食野鼠以抵禦飢餓。他生死不明的傳言，應該是他養的畜群被強盜一匹不剩地掠走這件事的訛傳。李陵告訴了蘇武他母親去世的消息，至於他妻子拋家棄子改嫁的事，李陵著實是說不出口。李陵一直不解的是，這個男人到底是以什麼為目標而活著呢？難道他還在期盼著能夠歸漢嗎？從蘇武的言談判斷，事到如今他好像已經全然沒有那樣的想法了。那麼究竟是什麼能讓蘇武一直忍受著這樣慘淡的生活呢？單于確保他投降後會重用他，但李陵很清楚蘇武是絕不會那樣做的。李陵感到奇怪的是蘇武為什麼沒有早早結束自己的生命？李陵沒有親手了斷自己，是因為不知不覺中自己在這片土地上扎下了根，有了不少恩愛和情義；再者說，如今即便以身赴死，也談不上是捨生取

義。但蘇武的情況則不同。首先，他在這片土地上沒有任何羈絆或拖累；再者，就為漢朝盡忠而言，手持節旄日復一日地在曠野上忍飢挨餓與燒掉節旄憤然自刎這兩者間並無區別。最初被抓時毅然拔刀自刎的蘇武，現在也不可能是因為怕死才苟且偷生。李陵想起了年輕時蘇武的固執，那是一種近乎滑稽的頑固。單于以榮華富貴為誘餌，想讓處於極度困境中的蘇武屈服。如果蘇武就此降服自不必說，即便是因為不堪忍受困苦而自殺的話，那也就相當於輸給了單于（或者是輸給了命運）。蘇武也許就是這樣想的。李陵並沒有覺得和命運頑強抗爭的蘇武有任何滑稽荒唐之處。能夠坦然面對難以想像的窮困、酷寒與孤獨，如果這是固執的話，這種固執也是驚人的偉大。

李陵驚嘆於蘇武的堅毅。以前那種多少有點不成熟的逞強，現在竟變成了如此令人驚嘆的毅力。並且，他沒有奢望能重回漢朝，也沒有期待著漢朝廷能夠知曉自己在胡地艱苦卓絕的抗爭。他甚至沒想過是否有人會將他現在的處境通報給匈奴的單于。他並不在乎是否有人知道自己的所作所為。臨終之日，他會回顧自己的一生，對命運付之一笑，然後滿足地死去。聯想到自己先前也預謀刺殺先代

單于，但擔心即使砍下了單于的首級，卻不能安全地逃離胡地，並且擔心漢朝廷也不會聽說這件事，所以最終也沒有付諸行動，李陵不禁羞愧難當。

隨著他鄉遇故知的激動慢慢消退，李陵內心產生了一種難以名狀的心結。無論說什麼，李陵都會把自己和蘇武相比。比如，蘇武是義士而自己是賣國賊，諸如此類。李陵覺得自己的苦惱與蘇武的艱辛相比根本就不值一提。並且，也許是心理作用，隨著時間的推移，李陵開始感覺到蘇武對自己的態度好像是富人對窮人 —— 知道自己的優越處而對別人很寬容、很有度量。衣衫襤褸的蘇武眼中偶爾流露出的憐憫之色，讓身穿奢華貂裘的右校王李陵覺得比什麼都可怕。

在北海滯留十餘日後，李陵告別了老友，悄然返回了南方。臨走前，他給蘇武留下了充足的糧食和衣物。

在北海的那些日子裏，李陵終究沒有開口說出單于要他勸降的事。蘇武的回答不用問，是很明確的，李陵覺得事到如今沒有必要用這個勸告羞辱蘇武、羞辱自己。

回到南方之後，蘇武的形象一直都浮現在他的腦海之中。與面對蘇武本人時相比，分開後的蘇武，其形象更加

威嚴而高大。

李陵本身並不覺得自己投降匈奴是正確的選擇。但他堅信，如果考慮到自己為國家所出之力，以及漢朝對自己的所作所為，即便是最無情的批判者都會認為自己歸降匈奴是迫不得已之舉。但是這裡有一個男人，無論面對怎樣「不得已」的事情，他也決不允許有那種自我原諒的「不得已」的想法存在。

飢餓、寒冷、孤獨所帶來的痛苦，國家的冷漠，自己苦守氣節也不會被任何人知道，這些基本上可以確定的事實對這個男人來說，都不會成為他「不得已」必須拋棄氣節的事情。

蘇武的存在對於李陵來說，既是崇高的訓誡，也是焦慮的惡夢。他經常派人去問候蘇武，並送去食物、牛羊、絨氈之類的生活必需品。想見蘇武和想躲避蘇武的情緒經常在李陵的內心搏鬥。

數年後，李陵再出發前往北海岸邊去探望蘇武。途中遇到了守衛北方的衛兵，從他們口中得知最近在邊境一帶，太守以下的漢朝黎民都身著白衣。民眾都穿著白衣，那一定是在為天子服喪，李陵判斷是武帝駕崩了。到北海

後李陵將這個消息告訴了蘇武。蘇武聞聽此訊，面朝南方號啕大哭。一連幾日，蘇武一直痛哭不止，甚至吐了血。面對這種情形，李陵的心情也變得鬱悶起來。他當然不是懷疑蘇武大哭的真摯程度，而是那樣純粹激烈的悲嘆觸動了他的心。但他一滴眼淚也沒掉。蘇武雖然不像李陵那樣被滅族，但他的兄弟都被逼自殺了。無論怎麼考慮，他家都稱不上是被漢朝厚待的。但即便如此，仍因武帝駕崩而號啕痛哭的蘇武，讓李陵第一次發現，以前認為蘇武的固執，其實充滿著他對漢朝國土那難以形容的純粹的熱愛（那不是仁義、氣節之類從外部強加的東西，而是滾滾湧動的最情同骨肉、最自然的熱愛）。

李陵找到了自己和朋友最根本的不同，雖然不情願，但他不得不開始懷疑自己的所作所為。他從蘇武那裏回到南方時，正好遇到漢朝派來的使者。使者是來說明武帝駕崩和昭帝的即位，以及想要與匈奴建立友好關係的 —— 雖然這種友好通常維持不了一年。擔任使節的人正是李陵的故人，隴西任立政等三人。

時年二月武帝駕崩，年僅八歲的太子弗陵即位。遵照遺詔，侍中奉車都尉霍光作為大司馬大將軍輔政。霍光原

本和李陵比較親近，左將軍上官桀也和李陵是朋友，二人就商量找李陵歸漢。這次的使節特意選擇李陵之前的朋友就是這個緣故。

當漢朝使節在單于面前完成了程序方面的工作之後，單于便命令排開筵宴。通常這種情況都是衛律出面的，但這次由於是李陵的朋友來，所以他也位於參加宴會之列。宴會之上，任立政看到了李陵，但在眾多的匈奴首領面前，自然不能直說讓其歸漢。因此，只能隔著座位對李陵使眼色，並屢次用手摸自己的刀環。李陵看到了任立政，也大體猜到了對方想要表達的意思，只是不知該以什麼動作回應。

正式宴會結束後，只剩下李陵和衛律等人用牛酒、賭博遊戲來為漢使助興。任立政趁機對李陵說，「目下朝廷大赦，萬民都享受著太平的仁政。新帝年幼，你的老友霍子孟、上官少叔在輔佐天子處理朝政」。立政由於忌憚衛律，只是提了霍光和上官桀的名字，想要使李陵動心，並未對李陵明言。李陵聞聽後，只是摸著自己已經梳成了椎結的頭髮，凝視著立政，一直沉默不語。不久，衛律起身更衣，任立政趁機親切地稱李陵道：「少卿啊，這麼多年你

受苦了！霍子孟和上官少叔讓我給你問好。」接著，他打斷李陵例行公事式回問那二人安好的話語，「少卿啊，什麼都別說了，趕快回來吧，富貴自不待言」。因為剛從蘇武那裏回來，李陵對朋友發自肺腑的勸告也不是無動於衷。只是，歸漢之事連想都不用想，那已是無論如何都不可能的事情了。李陵說：「我回去容易，但回去恐怕只是自取其辱，你覺得呢？」話沒說完，衛律回來了，二人又閉口不語了。

　　宴會結束大家互相告別的時候，任立政若無其事地走到李陵身邊，小聲地又一次確認李陵是否有回歸之意。李陵搖了搖頭，有氣無力地回答道：「大丈夫不能再次蒙羞。」

　　五年後，昭帝始元六年（前 81）夏，被認為將在無人問津之地終其一生的蘇武，突然可以回漢了。漢昭帝在上林苑中得到來自蘇武的鴻雁傳書其實只是一個傳說。這個傳說是為了揭穿單于說蘇武已死的謊言。實際情況是，十九年前隨蘇武來胡地的常惠遇到了漢使，告訴了他蘇武還活著的消息，並且教他用這個傳說救出蘇武。很快就有人來到北海，將蘇武帶到了單于的大帳。李陵這次是真的動搖了。不管能不能再次回漢，蘇武的偉大都是無可爭

辯的。因此，李陵的內心受到了巨大的衝擊。「天果然在看！」的想法重重地撞擊著李陵，令他產生了深深的敬畏。是的，看似不刻意，但「天的確在看著」。雖然李陵並不認為自己做錯了什麼，但這個叫蘇武的人，他所做的事情，會讓他那本應無懈可擊的過去感到羞愧，而他的事跡也將在蘇武回國後被昭告於天下，這使得李陵深受打擊。現在自己這種抓心撓肝的懦弱心情難道不是羨慕嗎？李陵感到十分恐慌。

離別將近，李陵為老友蘇武設宴送別。有說不完的話想說，但無外乎想告訴蘇武，無奈投降匈奴時，自己實則心繫漢室。然而在自己壯志未酬時被滅了族，一切便都不可挽回了。一說起這些，聽上去就會像是抱怨，所以李陵不發一言。他只在宴會高潮時，忍不住起身歌舞起來：

> 徑萬里分度沙幕
>
> 為君將分奮匈奴
>
> 路窮絕分矢刃摧
>
> 士眾滅分名已隤
>
> 老母已死

雖欲報恩

將安歸

　　唱著唱著，李陵聲音顫抖，眼淚橫流。李陵自嘲沒出息，但也無可奈何。

　　蘇武相隔十九年後回到祖國。

　　司馬遷在那之後仍然孜孜不倦地繼續著史。

　　已經決心遠離現實世界的司馬遷，只作為書中人活著。在現實生活中沒有再開口的他，藉著魯仲連的舌頭噴出火來，或者變成伍子胥自己挖眼，或者變成藺相如訓斥秦王，又或者變成太子丹哭送荊軻。在敘述楚國屈原的憂憤，引用了很長一段屈原要投身汨羅江時所作的《懷沙賦》之時，司馬遷甚至覺得那就是自己的作品。

　　起稿之後十四年，受腐刑之後八年，在巫蠱之禍和戾太子悲劇發生之時，這部父子相傳的著作基本上按照最初構想的通史模樣成形了。之後又經過幾年的增補、修改，一百三十卷、五十二萬六千五百字的鴻篇巨製《史記》完成的時候，已經是武帝駕崩前後了。

　　當最後寫完列傳《太史公自序》時，司馬遷扶著案

几悵然若失。他深深地嘆息一聲，眼睛望著庭前茂盛的槐樹，但其實什麼也沒有看見。耳朵雖已不那麼聰穎，但他還是在側耳傾聽著不知道從院子哪裏傳來的蟬鳴。是的，巨著完成，得遂夙願，原本應該高興的，但空虛和寂寞的感覺卻率先襲來。

把完成的著作交給官府，並去父親墳前報告這件事之前，司馬遷還處在一種緊張而興奮的狀態。但這些都做完之後，司馬遷突然陷入了很嚴重的虛脫狀態。就像失去了附體的巫者那樣，身心都頹廢下來，剛剛六十出頭的他好像一下子老了十歲。武帝的駕崩和昭帝的即位對這個太史令司馬遷的軀殼來說好像都沒有任何意義。之前提到的任立政去胡地勸李陵回漢的時候，司馬遷就已經離開了這個世界。

與蘇武分別後，關於李陵的記載除了於元平元年（前74）在胡地去世之外，並無留下任何準確的記錄。

在很早之前，與李陵關係親近的狐鹿姑單于就死了，之後就到了他兒子壺衍鞮單于的時代。但伴隨著這位單于的即位，發生了左賢王、右谷蠡王的內亂。閼氏和衛律反目，李陵也被迫捲入了紛爭。

據《漢書‧匈奴傳》記載，李陵在胡地的兒子擁立烏籍都尉為單于，和呼韓邪單于對抗，最終失敗。事發於宣帝五鳳二年（前56），那時李陵已經死去十八年了。書中只寫著「李陵之子」，並沒有記錄名字。

弟子

一

魯國卞之地的一個名仲由、字子路的遊俠之徒，最近有一個新的想法，想要去羞辱一下近來被盛傳為賢者的學問家 —— 陬人孔丘。他想知道這個冒牌的賢者到底有多厲害，於是就蓬頭垢面，頭戴小冠，身穿短後衣，左手提公雞，右手拎母豬，氣勢洶洶地衝著孔丘的家門而去。他一路搖著雞晃著豬，企圖借用動物嘴裏發出的嗷嗷叫聲，來擾亂儒家弦歌誦讀之聲。

於是，這個在動物的嘶吼聲中瞪著雙眼一躍而入的青年，和頭戴圓冠、腳納方履，身佩玉玕憑几而坐的和顏悅色的孔子之間，開始了如下的問答。

孔子先問道：「汝，何好？」

「吾，好長劍。」青年意氣風發，斬釘截鐵地回答道。

孔子不由得莞爾一笑。他從青年的聲音和態度中，看到了他甚是稚氣的自負。在這個臉色紅潤、濃眉大眼，精悍之氣溢於言表的青年臉上，卻又不知從何處浮現出一種惹人喜愛的率真模樣。

孔子復又問道：「學又如何？」

子路此來本就是為了說出這句話，因此他奮力大聲回答道：「學豈有益哉？」

　　被人挑釁到「學」的權威性，單是微笑自然是不行的。孔子開始不厭其煩地說起了「學」的必要性。「夫人君而無諫臣則失正，士而無教友則失聽。」木頭難道不是因為用了墨繩才變直的嗎。就如同馬需要鞭、弓需要檠一樣，人怎能不需要矯正其狂傲性情的教學呢。經歷過了匡正，治理，打磨，這才能夠真正成為可造之材呀。

　　從那些流傳至後世的語錄字面上看，孔子擁有著極具說服力的雄辯喉舌。無論是言語的內容，平穩的語調，抑揚頓挫的發音，還是講述時極度自信的態度，都有一種無論如何都要說服對方的力量。從青年的態度上也可以看到，他的抗拒之色逐漸淡去，終於變成了一副謹聽教誨的模樣。

　　「可是，」—— 即便如此，子路也並未失去反攻的氣力，「我聽說南山有竹，不揉自直，斬而用之，達於犀革。要是這樣的話，對於天資聰慧者來說，難道還有學的必要嗎？」

　　對孔子而言，沒有比擊破這種幼稚的比喻更簡單的事

情了。「給你所說的那個南山之竹插上羽毛，裝上箭頭，然後進行打磨的話，可就不僅僅只是穿透犀革了。」被孔子這麼一說，這個可愛單純的年輕人已是無言以對。他紅著臉，在孔子的面前站了半天，好像在想什麼事情。突然，他甩掉了手中的雞和豬，低下頭來認輸道：「謹受教誨。」子路認輸不僅僅是因為詞窮。實際上，在他走進房中，見到孔子，聽到孔子說第一句話的那一刻起，就感覺到了這裏不是家畜該來的地方，那時他就已經被對手的強大給壓倒了。

從那天起，子路就對孔子施了師徒之禮，拜入了孔子的門下。

二

孔子這樣的人，子路從未見過。他曾見過力舉千斤巨鼎的勇士，也曾聽說過明察千里之外的智者 —— 但是，孔子身上有的，絕對不是那種透著古怪的異能。他只不過是一個最完善的常規理論的集大成者。從知情知意的方方面面到操縱身體的各種能力，都呈現出一種確實平凡，但

也生長旺盛的精彩。在他身上，沒有一種能力顯得特別突出，因為他已經達到一種無過無不及的均衡狀態，這種豐富的才能對子路來說真是初次所見。對於孔子這種豁達自在、毫無道學嘴臉的狀態，子路感到非常驚訝。他當下就想到這是歷經過磨難之人。有意思的是，就連子路引以為傲的武學還有力氣，甚至都是孔子要更強一些，只不過他平時從不使用罷了。我們的俠客子路被這一點驚嚇到了。

孔子有一種洞察人心世界的敏銳，甚至讓人覺得他是否也曾經有過放蕩無賴的生活經歷。從他的這個方面，再想到要達到這種純淨度極高的理想主義終點的路程中所涉及內容的廣泛性，子路不由得從心裏發出感嘆。無論是不能忍受絲毫瑕疵的倫理派，還是從世俗的含義來看，這都是一個讓人放心的人。歷來子路所見之人的偉大之處，都存在於他的利用價值之中，只是因為能夠起到這樣或那樣的作用所以才覺得了不起。而孔子則全然不同。只要在這裏有孔子的存在就已經足夠了。至少子路是這麼認為。他已經完全傾倒了。進入門下還不到一個月，他甚至已經感覺到自己無法離開孔子這個精神支柱了。

後來，在孔子漫長而艱苦的流離生涯中，再沒有像子

路這樣欣然跟隨的人了。他並不打算作為孔子的弟子以求仕途，而且有意思的是，他甚至留在老師身邊也並非想要磨煉自己的才德。僅憑著這種至死不渝、無所欲求到極致的敬愛之情，就把這個男人留在老師身邊。就像曾經的劍不離手一樣，現在的子路無論如何都無法離開孔子了。

那時孔子還不到四十歲，只比子路大九歲。但是子路從這個年齡差感受到的卻是他們之間接近無限的心靈差距。而作為孔子，也對這個弟子的格外難以馴服感到非常吃驚。如果只是好勇武厭文弱的話，這種人有很多。但是像這個弟子那樣不把事物的形式放在眼裏的人也是少見。雖說事物的最終歸宿必將歸於精神，但是明明所有被稱之為禮的東西都必須要通過形式才能表現，可是這個叫做子路的男人，卻輕易不接受這種「先從形式上進入的條理順序」。在說到「禮云禮云，玉帛云乎哉？樂云樂云，鐘鼓云乎哉？」的時候，就聽得津津有味，而到了講述禮儀細則的時候，就立刻擺出一張百無聊賴的臉。

一邊跟這種對形式主義的嫌棄作戰，一邊還要給這個人教授禮法，對孔子來說是一件非常頭疼的事情。但是，對子路來講，讓他學習禮法這件事，則比這個還要難。子

路能依賴的只是孔子為人的深厚度。而子路不會想到，這個深厚度其實正是一種日常瑣碎行為的積累。子路知道，有本才有末。但是對這個「本」要如何養成的實際考量卻遠遠不夠，因此他經常受到孔子的訓斥。子路對孔子心服口服是一回事，但是，他是否能夠立刻就接受孔子的教化，又是另外一回事了。

孔子在說到上智和下愚之人很難改變其位置的時候，並沒有想到子路。雖然子路一身的缺點，但是孔子也並不認為子路是下愚之人。孔子比任何人都看重這個弟子無人可比的美德。他是一個純粹到毫不考慮利害關係的人。這種美德在這個國家的人裏面即使有，也是非常稀少的，所以，子路的這種性格，除了孔子之外沒有人會認可。他看上去只會更像是一種讓人無法理解的愚笨。但是，只有孔子心裏最清楚，跟子路這個珍貴的愚鈍品質相比，他的勇武和政治才能其實都算不得什麼。按照師長所授，試著控制自我，不管怎樣，先付諸形式的，是子路對待其父母的態度。自從師從孔子之後，脾氣暴躁的子路突然就變成了一個孝順的孩子。這是親戚對他的評價。被大家誇獎，子路感覺很是怪異。別說什麼孝順父母了，他總覺得自己說

的全是假話。再怎麼想，都是之前的自己才是誠實的。而現在因為自己的虛偽而開心不已的父母讓子路覺得有點可憐。雖說不是什麼心理分析家，但是作為一個極為誠實的人，這種事情也是可以感受得到的。一直到過去了很多年，有一天子路突然意識到父母已經老了，再想起自己年少時他們精神的模樣，突然之間就落淚了。從那時起，子路的孝行才真正變成了無人可比的奉獻行為。在那之前，他偶爾為之的孝順也不過就是如此而已。

三

一日，子路走在街上，遇見了幾個故友。雖不至於說是無賴，但也都是些無拘無束的遊俠之徒。子路停下來說了幾句話。在這個過程中，他們中的一個人一直盯著子路的衣服看來看去，突然說道：「哎呀！這就是所謂儒家的衣服嗎？樣子也太寒酸了吧。」然後又說：「你就不想念你的長劍嗎？」看子路沒有搭理他，接下來他又說了一些讓人無法裝作沒聽見的話。「怎麼樣，那個叫孔丘的老師不是說很能騙人嗎？擺著一張一本正經的臉，把自己也不相信

的事情說得都跟真的一樣，一看就是個不勞而獲、坐享其成的傢伙。」這個說話的人也不是有什麼惡意，只是因為關係不錯而無所顧忌而已，但是子路一下子就變了臉色。他猛地攫住那人胸前的衣領，飛起右拳就使勁打在他的臉上。子路連續打了兩三拳才鬆開手，那人窩窩囊囊地倒在地上。目瞪口呆的其他幾個人，都感到子路瞪視過來的挑戰般的眼神。他們從左右兩邊扶起被打的男子，一句話沒撂下就慌慌張張地離開了。

　　這件事不知何時傳到了孔子的耳朵裏。子路被叫到了老師跟前。雖說並沒有直接說到這件事，但是卻從孔子那裏聽到了這些話。「古者，君子以忠為質，以仁為衛……不善，以忠化寇，暴以仁圍。」所以根本無須用到武力。所謂「君子義以為上。君子有勇而無義為亂，小人有勇而無義為盜」等等。子路聽得很是認真。

　　過了幾天，子路又在大街上走，聽到路旁的樹蔭下，閒人正在起勁辯論，聽上去像是有關孔子的傳言。

　　「總是說什麼從前從前的，無論什麼事都抬出從前來貶低現在。反正誰也沒有見過從前也沒辦法說什麼，但是，如果將從前的道理當成標尺原封不動地照搬過來，要

是這樣就能夠治世的話，那誰都不用費什麼力氣了。對我們來說，比起死去的周公，活生生的陽虎君才是了不起的人呢。」

這是一個以下犯上的時代，政治的實權由魯侯轉移到了大夫季孫氏的手裏，然後到了現在又即將落入季孫氏的臣下陽虎這個野心家的手裏。正在說話的人說不定就是陽虎那邊的人。聽說，就是這個陽虎，最近為了想要讓孔丘為自己所用，已經跑了好幾趟。沒想到，孔丘竟然不斷迴避。「那個傢伙，嘴裏說著大話，但是在真正的政治家面前還不是一點自信也沒有。」

子路從背後分開眾人，一點點地走到了辯論者的面前。大家立刻就認出來他是孔子的門徒。到剛才為止還得意揚揚高聲辯論的老人一下子臉色大變，莫名其妙地在子路面前低下頭來，躲到了人牆之後。也許是因為瞪著眼睛的子路實在太可怕了。

那之後的一段時間，處處都發生著類似的事情。每當他們遠遠看到怒氣沖沖目光如炬的子路，就會立刻噤口不談詆毀孔子的話了。

為了這件事子路被老師訓斥了好幾回，但是他自己也

沒有什麼辦法。在他的心中自有他的想法：如果所謂的君子也能夠感受到同樣強烈的憤怒，而且能夠壓抑住的話，那可真是了不起。但是，實際上，他們不會感受到像我這麼強烈的憤怒。至少，他們只感受到能夠被壓制住的憤怒。定是如此。

這樣過了一年左右，孔子在苦笑的同時也不得不感慨道，「自仲由入門以來，惡言絕於耳矣」。

四

一日，子路在室內鼓瑟。孔子在另一間房聽到，片刻後對身邊的冉有說：「你聽這瑟的聲音。豈非暴戾之氣由內而發溢於言表嗎？故君子之音溫柔居中，以養生育之氣。昔者舜彈五弦之琴，造南風詩：南風之薰兮，可以解吾民之慍兮；南風之時兮，可以阜吾民之財兮。今聽仲由之音，實乃殺伐激越，非南音而類北聲。只能反映出鼓瑟者那懶惰放蕩又殘暴兇狠的心態呀。」

其後，冉有去子路處，將夫子之言轉述於他。

子路一向知道自己在樂禮上沒有什麼才能，並將之歸

結於自己的耳朵和手。但是，當他聽說其實是源於自己更深層次的精神狀態的時候，不禁愕然，並為之恐懼。重要的並非是手頭的練習，而是要進行更加深刻的思考。他把自己關在房間裏，閉門靜思，不飲不食，直至形銷骨立。數日之後，他覺得自己思有所得，於是又再一次鼓起了瑟。這一次，他彈得極為謹慎，小心翼翼。斷斷續續地聽到這些聲音的孔子，這次倒是什麼也沒有說，也看不出像是責備的神色。於是子貢就跑去告訴了子路。聽聞老師沒有再責備自己，子路笑得很開心。

看到自己好兄弟開心的笑容，年輕的子貢也不禁微微笑了起來。聰明的子貢知道，子路彈奏的樂音裏仍然充滿殺伐的北聲。而夫子這次沒有責備他，只不過是因為夫子看到苦思冥想到身形消瘦的子路，憐憫他一片赤誠罷了。

五

在所有弟子中，沒有誰會像子路那樣被孔子呵斥，也沒有誰會像子路那樣毫無顧忌地反問老師。比如問一些「請釋古之道，而行由之意，可乎？」這種問了就一定會被訓

斥的問題，或是當著孔子的面直言不諱地把「有是哉，子之迂也！」說出口的人，除了子路也就沒有誰了。

再沒有弟子會像子路這樣全心全意地憑靠著孔子。他之所以會毫不客氣地反問回去，是因為他的個性無法做到把事情藏於內心而不與人爭論。另外，也是因為他不像別的弟子那樣，小心翼翼地既不想被取笑也不想被呵斥。在其他場合，子路都是一個不屑於站在別人下風的不羈男子，他一諾千金，快意恩仇。正因如此，當人們看到他規規矩矩地站在孔子面前侍奉的時候，都會覺得著實怪異。事實上，在他身上，也的確有一種讓人忍俊不禁的模樣。只有當他站在孔子面前時，才會把所有複雜的思緒和重要的判斷都託付給老師，而自己則完全處於一種放空的狀態。這情形就像是待在母親身邊的孩子，即使自己能做，也讓媽媽去做一樣。

這樣的習慣，讓子路甚至到了事後想一想，都會不由得苦笑的地步。但是，即便如此，在子路的內心深處還是有一個連老師也還沒有被允許碰觸的地方。只有這個地方是不可以退讓的，是無論如何都要堅持的。也就是說，對子路來講，這個世界上有一件事情非常重要。在這件事

情的面前，連生死大事都不足論了，更不用說什麼區區利害關係之類的問題。說是俠義的話有點過於輕佻，說是信或是義什麼的，又會覺得有點流於道學而欠缺自由躍動之感。反正名字什麼的也無所謂，對子路來說，那就是一種近似於快慰的感覺。總而言之，能夠感受到這種感覺的就是善，感受不到的話就是惡。這種感覺極為明確，不管是現在還是過去，子路從來就沒有對此表示過懷疑。雖然跟孔子所倡導的仁有很大的分歧，但是子路從老師的教導之中，單單選擇能夠加強自己這種單純的倫理觀念的部分進行攝取。像什麼「巧言、令色、足恭，左丘明恥之 …… 匿怨而友其人，丘恥之」（花言巧語，裝出好看的臉色，擺出逢迎的姿勢，低三下四地過分恭敬，把怨恨裝在心裏，表面上卻裝出友好的樣子，我認為可恥），還有「無求生以害仁，有殺身以成仁」，「狂者進取，狷者有所不為也」之類的話，都屬此類。孔子一開始也想要將子路的這個牛脾氣矯正過來，只是後來放棄了。總之就是這樣，這就是一匹健壯結實的牛。有需要鞭子敲打的弟子，也有需要用韁繩勒住的弟子。當孔子明白子路的性格缺點實際上也是他最大的進步動力時，就意識到，只要給子路一個指示，告訴

他大體的方向就可以了。比如像「敬而不中禮謂之野，勇而不中禮謂之逆」（虔敬而不合乎禮，叫做土氣；勇敢而不合乎禮，叫做乖逆）、「好信不好學，其蔽也賊；好直不好學，其蔽也絞」（愛好誠信而不愛好學習，他的弊病是容易被人利用自己受害；愛好直率而不愛好學習，他的弊病是容易說話尖酸刻薄）之類的話，與其說是說給子路一個人，不如說是說給作為弟子領班的子路聽的教誨。因為對子路來講這些是能夠成全其魅力的東西，但是對於其他一眾門生來說，大多數情形都會成為一種危害。

六

傳聞晉國的魏楡之地有石頭說話。一位賢者解釋說這恐怕是藉由石頭之口來傳達民眾的抱怨之聲。本就已經衰敗的周王室更是分成了兩派不斷紛爭。十幾個大國之間或聯盟或征戰，干戈不止。齊侯與自己臣下的妻子有染，每晚都偷偷地去他們家裏私會，終於有一天被那妻子的丈夫殺死了。而在楚國，則是一位王族成員砍下了病臥中的王的頭顱然後奪其位。在吳國，被砍去了雙足的罪人一起襲

擊了王。而在晉國，則是兩個臣子互換妻子。這就是當時的社會。

　　魯昭公想要驅除上卿季平子，反被驅逐出境，亡命於七國之間最終窮困而死。在亡命途中，即便歸國的事情略有眉目，也都會被那些跟隨魯昭公的臣子所阻礙，他們心裏盤算著自己歸國後的命運，所以拖住了昭公不讓他回去。而魯國經歷了從季孫、叔孫、孟孫三分天下，到被季氏家臣陽虎恣意操縱的過程。然而，自從謀士陽虎的策略失敗導致其下台之後，突然這個國家的政治風向就發生了變化。令人想不到的是，孔子會被任命為這個國家的中都宰。因為當時既沒有公正無私的官吏，也沒有不以橫徵苛斂為事業的政治家，所以孔子公正的方針和周到的計劃在短時間內創造出令人驚異的政績。對此深感驚嘆的主君定公於是問孔子說，「你不能用治理中都的方法治理魯國嗎？」孔子回答說，別說只是一個小小的魯國了，即便是治理天下又有什麼不可以呢。孔子用頗為肅然的語調平心靜氣地說出這樣的豪言壯語，定公越發吃驚。他立刻就升孔子做了司空，繼而又升任大司寇，還兼任了宰相的工作。而受孔子的舉薦，子路也當上了可以說是當時魯國的

內閣書記官長季氏的家臣。子路作為孔子內政改革方案的執行者最先開始行動。

　　孔子的政策首先就是要強化魯侯的中央集權。為了這個目標，必須要削弱現在勢力勝過魯侯的季、叔、孟這三桓的力量。作為三桓的私城，郈、費、成三地的城牆都超過了百雉（寬三丈高一丈）。孔子決定要先毀掉這三座城，而充當執行者的就是子路。對於子路來說，能夠馬上看到自己努力的成果，並且是以至今為止從未經歷過的大規模形式出現在眼前，自然是一件非常令人愉快的事情。尤其是將那些陰謀者和爭執中不良積習一一擊破，讓子路感受到了前所未有的生存價值。而看到為了實現多年來的抱負神采奕奕地忙碌奔走的孔子，也著實讓人心生歡喜。在孔子看來，子路並非作為一名弟子，而是作為一個具有行動力的政治家也是那麼值得信賴。

　　在攻克費城的時候，費城的人起兵反抗，一個叫做公山不狃的人率領當地人攻擊了魯國的都城。當時叛軍的箭甚至已經射到了定公的腳邊，幸虧有孔子適時的判斷和指揮才僥倖轉危為安。子路再一次被自己老師的實戰能力所折服。雖然大家都知道孔子作為政治家的手腕，也知道他

本身擁有高超的本領，但是誰都沒想到他會在實戰中展現出如此耀眼的指揮丰采。子路此時站在隊伍的最前方奮起抗爭。許久沒有揮動的長劍是如此讓他著迷——引經據典學習禮儀與狂野的現實畫面相結合，貌似更加適合這個男人。與對經書子集刨根問底的勤學相比，直面粗糙的現實世界並與之搏鬥才真正符合這個男人的本性。

為了與齊國講和，孔子曾隨定公會齊景公於夾谷。當時孔子譴責齊國的無禮，並痛斥了以景公為首的齊國諸臣及眾大夫。據說戰勝國的齊國君臣聽了都害怕得渾身發抖。這是一件足以讓子路連聲稱快的事情，而從那時起，作為強國的齊國，開始懼怕孔子，或者說是懼怕在孔子的施政下逐步富強的魯國國力。他們最終使用了計謀。由齊國給魯國贈送了一群擅長舞蹈的美女，想要迷亂魯侯的心性，離間定公和孔子。這麼幼稚的計劃，竟然將魯國國內的「反孔派」聯合在一起。

計策迅速發揮了作用。魯侯沉迷女色，很快就不上朝了。而季桓子以下的大臣也都紛紛效仿。子路最先對此表示憤慨並與之正面對抗，很快辭官不做。孔子則並沒有像子路那樣很快就選擇放棄，而是用盡自己能用到的所有手

段想要挽回局面。子路一心只想著讓孔子早日放棄，並非是害怕老師會有辱臣節，而是無法眼睜睜地置師尊於這種放蕩不堪的氛圍之中。

當孔子最終不得不放棄時，子路總算放心了。就這樣，他高高興興地跟著老師離開了魯國。

身為一個作曲家和作詞家，孔子回頭看著漸漸遠離的都城，不禁唱道：

「彼婦之口，可以出走；彼婦之謁，可以死敗……」

就這樣，孔子開始了他漫長的周遊列國之旅。

七

有一個很大的疑問。從年少時就一直懷疑，等到快要變老仍然沒有想通。這是一件從來沒有人覺得奇怪的事情，是有關邪道猖獗，而正道被踐踏的普遍事實。每當遇到這樣的事情，子路都會不由得從心裏感到悲憤。為什麼會這樣？人們總說，惡人只是一時猖獗，終會受到懲罰——的確是有這樣的事例。但是，這難道不是人類終將歸於滅亡的事例嗎？好人最終取得了勝利，這樣的例子，

遠古的時代怎樣不清楚，但在現今幾乎連聽都沒有聽說過。為什麼？這是為什麼？對於大孩子子路來講，唯有這件事情讓他怎麼憤慨也不夠。子路憤怒不已，捶胸頓足，到底什麼是老天？老天到底在看什麼？如果這樣的命運是上天給予的，那自己就要反抗上天。就像上天不在人與獸之間設定差別一樣，上天也不區分善與惡嗎？難道所謂正邪終究只是人與人之間的取捨而已嗎？每當子路帶著這些問題去問孔子的時候，得到的都是同樣的結果，被灌輸所謂的「人類幸福的存在方式」之類的東西之後，行善得到的最終就只有自我滿足嗎？雖然在老師面前時好像感覺能夠接受這種觀點了，但是等到回來之後一個人再試著想一想，還是會覺得有些地方怎樣都無法釋然。那種勉勉強強的解釋讓他無法接受。在仁義之士身上時有時無的善報，無論如何都實在令人不快。

對於上天的這種不滿，子路在面對自己老師的命運時最能感受得到。這樣大才大德之人，為何會遭遇這樣低微的待遇呢？即便是在家庭生活方面也沒有得到上天的眷顧，這麼大的歲數卻不得不開始流浪的生活，等待老師的為什麼會是這樣的苦命。在某個深夜，當子路聽到孔子自

言自語地說出「鳳鳥不至，河不出圖，吾已矣夫」的時候，不由得熱淚盈眶。孔子是在感嘆天下蒼生，而子路為之落淚的卻不是天下人，只是為了孔子一人而已。

從此子路就下了決心，一定要成為一個盾，來保護這個人，讓他不受濁世的傷害。世俗上的一切煩勞侮辱就讓自己一個人來承擔吧。雖然有些僭越，但這是自己的使命，子路如是想。他深信，也許自己在才學方面比不上後學的諸位弟子，但是，一旦發生什麼事情，自己比誰都能最快為了夫子的性命而奮不顧身。

八

「有美玉於斯，韞櫝而藏諸，求善賈而沽諸？」當子貢說出這句話時，孔子立刻回答道：「沽之哉，沽之哉！我待賈者也。」就是為了這個目的，孔子開始了他周遊列國的旅程。追隨他的弟子也自然大都想要待價而沽，但是子路卻未必這麼想。在之前的經歷中他已經體會到了身居掌權之位，斷然推行自我主張的快意，但是那必須要有一個特別的條件，就是一定要孔子居於自己的上位。如果沒有這

個前提條件的話，還不如被褐懷玉的生活方式來得更好一些。哪怕是終其一生只做孔子的看門犬，子路也不會有半分的悔意。子路並不是沒有世俗的虛榮心，而是他覺得，倘若硬是當官的話，反而會損害自己豁達磊落的本性。

追隨著孔子四處周遊的有各種各樣的人，比如行事果斷俐落的實幹家冉有，溫和敦厚的長者閔子騫，喜好考證的典史學者子夏，略帶詭辯色彩的享受主義者宰予，鐵骨錚錚的慷慨之人公良儒，個子矮小、據說只有孔子個子的一半的正直者子羔等等。無論是從年齡上還是從威望上講，子路都當仁不讓地可以做他們的領隊。

雖說比子路小了整整二十二歲，但是這個叫做子貢的青年的確是一個出色的人才。比起素來被孔子盛讚的顏回，子路更看好子貢。對於叫做顏回的青年，子路並不喜歡。這絕不是嫉妒。（據說子貢、子張之輩對於孔子對顏回的這種截然不同的灌輸方法，總歸會有點嫉妒的情緒。）首先是年齡差距太大，另外也是源於他本身就對這種事情不太在意的個性。只不過，對於顏回這種圓滑的才能，他實在理解不了到底好在哪裏。第一，不喜歡他身上總感覺欠缺活力的地方。說到這個，那個雖然略顯輕率，但是總

是充滿了才氣和活力的子貢，才更對子路的脾氣——雖說跟他的聰明相比，人們更能感受到的是他身上還不夠成熟的地方，但是這只是因為他還年輕。有時子路也會因為他太過輕率而生氣，會大聲呵斥他，但是總的來說，子路對子貢還是讚許有加。

有一次，子貢對他的幾個朋友說了一段話，大致的意思就是——雖然人們都說夫子不喜歡巧辯，但是我認為夫子的辯論是異常巧妙的。夫子的巧妙跟宰予之類的巧妙是完全不同的。宰予的辯論過於引人注目，雖然能讓聽者感到愉悅，但並不能使人贊同。夫子之辯則全然不同。也許不夠流暢，但是有著讓人無法懷疑的厚重感；也許不夠詼諧，但寓意含蓄深刻，是任何人都無法反駁的。夫子平時所言之理，十之有九都是不存謬誤的真理，夫子所行之事，十之有九分亦為模範之表率。儘管如此，剩下的那一點——夫子言語中最後的一成，有時恐怕需要辨明。或許正是因為對夫子太過親近、太過隨便，所以才容易忽略這最後的一部分。像夫子這樣接近完美的人，不僅以前沒有見到過，以後也不會再出現，難道不是嗎？只不過我想說的是，即便是這樣的夫子，也會存在微小的謬誤。顏回跟

夫子氣質相像，你我感受到的這種不滿，顏回應該一點也感覺不到吧？而夫子如此對顏回稱讚有加，最根本的不也是因為氣質相近嗎？

徒弟竟敢評價自己的師尊，子路有點生氣了，他覺得子貢狂妄自大，不知分寸。他心裏也明白，子貢說這些話是出於對顏回的嫉妒，但是這些話並非全無是處。因為關於氣質相符這件事，子路的確也是有所感觸的。自己只能大致有所感觸的東西，能夠用確切的方式清楚地表達出來，這個狂妄的年輕人的確是有點出奇的本領。子路在心裏感到不屑的同時也覺得有些佩服他。

子貢曾經問過孔子一個奇怪的問題。「死人有知無知也？」這是在問人死後有沒有知覺，或是人的靈魂滅與不滅的問題。孔子回答得很巧妙：「吾欲言死者有知也，恐孝子順孫妨生以送死也；欲言無知，恐不孝子孫棄而不葬也。」大致是因為跟自己預想的答案相差甚遠，子貢甚是不服。當然，子貢這個問題的用意也很明白，作為一個現實主義者，孔子是打算讓這個優秀的弟子轉換一下他關心的方向吧。

子貢心裏覺得不滿，就說予了子路。子路對這個問題

並不感興趣，跟知道生死輪迴的意義相比，他更想了解的是老師對於生死的態度。於是，有一天他又詢問孔子關於死的問題。孔子回答說：「未知生，焉知死？」正是如此！子路佩服得五體投地。可是，子貢彷彿又一次明晃晃的撲空了。

您說得沒錯。但是，跟我所說的並不是一回事呀！從子貢的表情上可以清清楚楚地看到他的內心所想。

九

衛靈公是一位意志非常薄弱的君主。雖說還沒有愚笨到分不清智者和無才之人的地步，但是他不進忠言，每日裏沉溺於蜜語讒言之中。而當時左右衛國國政的則是衛國的後宮。

衛靈公的夫人南子生性輕浮，在還是宋國公主之時就與同父異母的兄長有染。等到成了衛侯的夫人之後，還把曾與其有染的那位兄長叫到衛國，任命為大夫並繼續與之保持著關係。南子是一位頗有才能的女子，甚至插手於政事。衛靈公對於夫人所言沒有不同意的。想要把話傳到靈

公的耳朵裏，一般都要先討南子的歡心。

孔子由魯進衛的時候，受召覲見了衛靈公，卻沒有另行至夫人南子處問候。南子很不高興，鬧起了情緒，立刻派人至孔子處言道：「四方之君子不辱欲與寡君為兄弟者，必見寡小君。寡小君願見。」

孔子無法，只得覲見夫人。南子坐於帷幕之後接見了孔子。據說孔子面北行稽首之禮，而南子則再拜還禮，當時能夠聽到夫人身上所佩環佩的叮噹作響之聲。

孔子自公宮歸來之後，子路毫不掩飾他臉上的不滿之意。因為他期待孔子當時能夠對南子的賣弄風情置之不理。當然子路並不認為孔子會被妖婦所迷惑，但是，絕對純淨無瑕的夫子哪怕只是對著污穢的淫婦低頭之事就已經很讓人不高興了。這就跟那種收藏美玉之人不能忍受玉石表面映有絲毫不淨之物的心情是一樣的吧。而孔子也看到，在子路的內心深處仍然有著一種孩童式的稚氣，看到他到什麼時候都不會成熟的那一面，既覺得好笑，又感到有些困擾。

一日，靈公處有一使者前來，傳靈公之言，說欲與孔子同乘一車，一邊周遊都城，同時探討各種話題。孔子換

好衣服欣然前往。對南子來說，這麼一個高高大大、不解風情的大老爺，還被靈公待為賢者並對之尊敬有加，實在是一件不讓人開心的事情。更不用說把自己丟在一邊，他們兩人共乘一輛車去巡都，那更是讓人無法忍受。

　　孔子見過靈公，走到外面想要乘車之際，沒想到裏面已經端坐了盛妝裝扮的南子夫人。南子帶著挑釁的笑容看著靈公。即便是孔子也心感不快，冷冷地看向靈公。靈公無言以對地低下頭，但是對南子卻什麼也沒有說，默不作聲地為孔子又指派了一輛車。

　　兩輛車走在衛國的都城內。前面的四輪豪華馬車裏，並肩和靈公坐在一起的南子夫人容姿豔麗，如同牡丹盛放般光華照人。而後面的那輛寒酸的雙輪牛車裏，臉上流露出失落表情的孔子，正襟危坐。看到這些，從沿途觀看的眾人之中還是傳出了些許感嘆與反感之聲。

　　混跡在人群之中的子路也看到了這一幕。正是因為看到了，再想起靈公使者來傳話時夫子的喜悅之情，此刻更是心如刀絞。這時，刻意嬌聲軟語的南子正好從眼前經過。子路忍不住心頭火起，握緊了拳頭想要分開眾人一躍而出。就在這時，從他的背後有人伸出手來拖住了他。子

路想要掙脫束縛，他瞪大雙眼回頭一看，原來是子若與子正二人。子路看到拚命地拉住他袖子的兩人眼裏都蓄滿了淚光，拳頭最終還是放下了。

第二天，孔子一行就離開了衛國。「吾未見好德如好色者也。」這句話，就是當時孔子的感嘆之語。

十

葉公子高很喜歡龍。在居室之中有龍的雕刻，繡帳上也描繪著龍的圖形，平時就生活在龍中間。聽說此事的龍公開心不已，有一天就來到了葉公家裏，來看一看自己的仰慕者。龍公身軀極為龐大，頭經由窗口探入，尾巴還拖在中堂。葉公看到此景，恐懼至極狂奔逃竄，甚至失魂落魄，六神無主，真是毫無膽色可言。

當時的諸侯只喜歡孔子之名，卻並不歡迎孔子之實。就如同葉公好龍之輩。在他們看來，真實的孔子對他們來講有點過於高大了。待孔子有如上賓的國家是有的。任用孔子弟子為官的國家，也是有的。但是，卻沒有哪一個國家願意實施孔子的政策。在匡地差點受到暴民的凌辱，在

宋地遭受奸臣的迫害，在蒲地又遭到了兇漢的**襲擊**。等待著孔子的，只有諸侯的敬而遠之，御用學者的嫉妒敵視，還有一群政治家的排斥。

儘管如此，不停止誦讀不耽誤切磋，孔子和他的弟子不知疲倦地繼續在各國之間遊說。「鳥則擇木，木豈能擇鳥」，雖然他們自視奇高，但絕不是什麼憤世嫉俗之輩，終歸還是想要謀求為人所用。況且，他們之所以想要為人所用，也並不是為了自身的緣故，而是真的想要為了天下，為了所謂的道。他們竟然是真的這麼認為，真是讓人難以置信。雖貧窮卻總是快樂著，雖苦難卻依然不放棄希望，他們真是一群不可思議的人。

在他們接到昭王的邀請打算去楚國的時候，陳國和蔡國的大夫共同謀劃，秘密召集暴徒，將孔子和他的弟子圍堵在了陳蔡之間。他們害怕孔子為楚國所用，想要阻止此事。這並不是孔子他們第一次受到暴徒的**襲擊**，但卻是最危險的一次。他們被切斷了糧食的來源，一行人無法生火做飯長達七天。陸陸續續的，大家都開始飢餓、疲勞和生病。置身於弟子的困惑和惶恐之間的孔子，依然是面不改色，沒有一點精神衰敗的樣子，跟平時一樣弦歌不止。實

在看不下去隨從眾人的疲倦之態，子路有點臉色難看地走到奏曲的孔子面前，開口問道：「夫子之歌，禮乎？」孔子不答，繼續彈奏。待到一曲終了，才對子路說：「由來，吾語汝，君子好樂，為無驕也，小人好樂，為無懾也，其誰之，子不我知而從我者乎？」

子路瞬間懷疑自己的耳朵。在這樣的困境之中仍然為了無驕而弦歌嗎？但是，很快他就領會了孔子的真意，立刻開心了起來，並執戚起舞。孔子與之相合彈曲，至三回而後終。旁觀眾人也暫時忘卻了飢餓，忘卻了疲憊，加入到了子路的即興舞蹈之中。

見仍然無法解除被圍堵之困，子路言道：「君子亦有窮乎？」子路這麼問，是因為聽老師平日的講解，覺得君子是不應當有窮困之時的。孔子當時即刻回答說，所謂窮者難道不是道之窮者乎。如今，我懷抱仁義之道，卻遭遇亂世之患。什麼才是真正的窮呢？如果，所謂窮就是指衣食不足疲憊憔悴的話，君子固然就是窮的。但是小人如果窮的話，就會沒有了規矩。只是如此不同而已。子路不禁面露愧色。自覺被指出了心裏隱藏的小人之心。看著即便遇到困境依然有命，臨大難而不改顏色的孔子的身姿，不由

得感嘆這才是真正的大勇之人。曾經自己引以為傲，面對白刃而不眨眼的低層次的勇，現在想來是多麼令人汗顏啊。

<h1 style="text-align:center">十一</h1>

由許地到葉地途中，子路落後於孔子一行。當他獨自走在田野小路上的時候，遇見了一位身背條具之老者。子路微微一笑打個招呼，然後問對方有沒有見到夫子一行。老人停下腳步，很突兀地言道：「說什麼夫子夫子的，我哪裏會知道哪個是你所說的夫子呢？」然後盯著子路看了一會兒，又輕蔑地一笑，說道：「我看你，四體不勤，無所事事，像是一個整天只憑著空洞的道理過日子的人呀。」接下來就頭也不回地走入旁邊的田地之中開始割草。子路心想這肯定是一位隱者，於是就對著老人躬身作揖，站在路上等著老者接下來的話。但是老者沉默著幹完手裏的活，就走到路上，帶著子路回到了自己的家。畢竟天已經黑了，老人殺雞做飯，盛情招待子路，並且還給子路引見了兩個兒子。吃完飯後，喝了點小酒有些微醺的老人拿起身邊的琴開始彈了起來。兩個兒子也和著琴聲唱了起來。

「湛湛露斯，匪陽不晞。厭厭夜飲，不醉無歸。」

明明很是困頓的生活，家中卻充滿了其樂融融的富裕之情。在滿是和顏悅色的父子三人的臉上，不時地會閃現出一種知性的色彩，讓人很難忽視。

彈完琴後，老者面對子路言道：「陸行莫如用車，而水行莫如用舟。今以舟之推之於陸，可行乎？於如今世上欲推行周的古法，可以說正如行舟於陸上。著周公之服於猿狙之身，必驚而撕裂然後棄之……」很明顯，這是明知子路是孔子的門人而說的話。老人接著又說：「樂全之謂得志。古之所謂得志者，非軒冕之謂也。」估計淡然無極正是這位老者的理想吧。對子路來說，並非第一次遇到這樣的隱世哲學。他曾經見到過長沮、桀溺二人，也曾經遇到過楚國的叫做接輿的輕狂男子，但是還未曾進入他們的生活，一起共度一夜的經歷。在和老者平穩的話語及怡然自得的神態接觸的過程中，子路也未嘗沒有生出一種甚至有點豔羨的心態，覺得這也不失是一種美麗的生活方式。

但是，他也並不只是默認同對方的話：「絕世固然開心，但是人之所以為人並非因其所謂樂全的原因。為了區區一身之潔淨而亂大倫者，非人間正道也。吾輩之人，早

已明瞭，如今之世無法行道。也知道在現今世界說道的危險之處。但是，正因為這是一個無道之世，即便要冒著危險也要說道，難道不是這樣嗎？」

第二天早上，子路告別老人急忙趕路。在路上把孔子和昨夜的老人比較了一下。孔子洞察世情的能力不弱於老者。孔子的欲望強於老者。這樣的一個孔子，放棄修成自我的道路，而是為了道義而周遊天下。想到這裏，突然對那位老者生出了一種憎惡之情，而這是昨晚全無察覺到的。

第三天到了近午時分，總算看到遠處綠油油的麥田中走著一隊身影。一眼認出人群中孔子醒目的高大身影，子路突然感受到了一種揪心的痛苦。

十二

在出宋入陳的渡船上，子貢與宰予正在辯論。老師曾經說過：「十室之邑，必有忠信如丘者焉，不如丘之好學也。」子貢認為儘管有這句話，但是孔子的偉大就是基於他非凡的先天素質。而宰予則認為，應該是後天的努力更加重要。按照宰予的意思，孔子和弟子的能力之間相差的

是量，而絕不是質。孔子所擁有的是大家都擁有的東西。只是孔子通過自身不斷刻苦努力把這些東西提高到了現在的高度。但是，子貢認為，量上再大的差距最終也無法變成質上的差距。況且，難道不正是這種面向自我完善而堅持不懈刻苦努力的能力，驗證了他的出於先天的非凡之處嗎？但是，說到孔子天分的核心內容之時，子貢說道：「這就是通向偉大的中庸之道的本能。不論何時何地，都能讓夫子的行為充滿魅力的中庸之道的本能。」

他到底在說些什麼？子路在旁邊苦著一張臉。這些沒什麼本事只會打嘴仗的傢伙！如果現在這艘船突然翻倒，這些傢伙該是多麼害怕，估計臉都要嚇青了吧。無論如何，一旦發生什麼事情，真正能幫到夫子的人是我。面對著這兩個能言善辯的年輕人，子路想，孔子說，「巧言亂德」，而自己心中懷有的則是一片冰心。

但是，在子路心中，也並非對老師毫無怨言。

陳靈公與臣下之妻有染，並把那女子的貼身衣物戴在身上立於朝堂。在他炫耀之時，一個叫做泄冶的臣子進諫，而後被殺。有一名弟子曾經詢問孔子，泄冶正諫然後被殺，跟古時候的名臣比干的諫死並無不同，可否稱之為

仁。孔子回答了他的這個問題 —— 不可。比干和紂王之間有血緣關係，而且官拜少師，因此他期待的是自己捨身諍諫，及其被殺之後紂王的悔悟，這可稱之為仁。而泄冶對靈公來說非親非故，品位也不過是一個上大夫。當他知道君不正則國不正時，就應當潔身而退，但他不自量力，妄圖以一身之力正一國之淫亂。他是自己捨命不要，而不是什麼仁義之舉。

該弟子聽到這裏，接受了這個說法退下了。但是站在一邊的子路卻怎也無法認同。很快，他就說出了口：「先不論什麼仁或不仁，但是泄冶無視自身的安危，力圖改正一國的混亂之舉，難道不是含有某種了不起的意義嗎？不能簡單地歸於空捐了一條命。」

「子路啊。我看你是只著眼於那些小義之中的亮點，而看不到比那更高的地方。古之士者，國有道則盡忠以輔之，國無道，則退身以避之。你是到現在也沒搞明白這種進退的妙處呀。《詩》曰：民之多僻，無自立辟（民間多邪僻之事，徒勞無益枉自立法）。這句話大致說的就是泄冶這種情況吧。」

「那麼，」考慮了許久的子路又接著說道，「最終這個

世上最為重要的事情就在於想方設法保全自身的安全嗎？難道不是在於捨生取義嗎？一個人的出處進退難道比天下蒼生的安危更加重要嗎？這樣說的話，如果剛才的泄冶對眼前亂人倫之事感到不滿，全身而退的話，的確也許可以保證他自身的安全，但對於陳國的民眾來講又算是怎麼一回事呢？雖然知道無甚用處，但仍然以死相諫，從對國民的風氣產生的影響來講的話，不是有更加深遠的意義嗎？」

孔子說：「這不是說什麼只有保全自己的生命才重要。若是這樣，就不會表彰比干為仁者了。只不過，即便是要為道捨棄生命，也要看捨棄的時間和地方。為了感受到此，用自己的智慧去考慮的並非私利。急著找死可並非本事。」

聽到這些話，子路也算覺得確是如此。但是有些地方還是無法釋然。從老師的言論之中，有時能夠感受到一邊說要捨身成仁，一邊卻總有一些把明哲保身當作最高智慧的傾向。這個想法怎麼也放不下。而其他弟子都感受不到，是因為明哲保身早已作為本能和他們緊緊連在一起。如果不是把所有的仁和義都建立在這個基礎之上的話，他們一定會覺得非常危險。

當子路面帶難色離去時，孔子看著他的背影，非常擔心地說道：「邦有道如矢，邦無道如矢。那個男子也是如同衛國的史魚之類呀。恐怕，他將來定然不會如尋常之法死去。」

　　楚國伐吳之時，一個叫做工尹商陽的人追逐吳師而去，同乘的王之子棄疾對他說：「這是王的事情，你可以握弓於手。」聽到這句話，他才拿起弓箭。然後又聽到說「你，出箭射此人」，於是他總算射死了一個人。可是卻馬上又收起弓箭。被再次催促之後才又拿出弓箭，又射死了兩人。但是每當射向敵人之時他都掩住眼睛。射死了三人之後，想著「按照自己現在的身份，做到這個地步應該就足以覆命了吧」，就驅車返回了。

　　孔子聽說此事，非常佩服地說「在殺人之時有禮」。對子路來講，他的感覺就是，沒有比這更荒唐的事情了。尤其是「自己殺了三人就已經足夠了」這句話裏，清楚地表達出了他最為厭惡的想法，把自身的行為置於國家的興亡之上，所以子路非常生氣。他憤然反駁孔子說：「人臣之節，當君大事，唯力所及，死而後已。夫子何善此？」即便是孔子，對此也無話可說，一邊笑一邊作答道「然，如

汝言也，吾取其有不忍殺人之心而已」。

十三

　　進進出出衛國四次，留陳三年，還有曹、宋、蔡、葉、楚國等等，子路都跟隨著孔子的腳步。如今也不再妄想會有諸侯將孔子的道付諸實施了，但不可思議的是子路並不焦急。對於世事的混沌，諸侯的無能，孔子的沉浮……前路雖是茫然一片，但是對於跟隨孔子的自己，命運的意義好像漸漸明白過來了。完全不同於那種消極認命的心態。他開始意識到自己的使命不僅限於一個小國，也不僅限於一個時代，而是教化天下萬代的木鐸。這是多麼積極向上的未來呀！在匡地被暴民所困之時，孔子昂然言道：「天之未喪斯文也，匡人其如予何？」子路現在已經非常理解這句話了。既然明了老師的大智慧，無論何時都不絕望，絕不輕視現實，在給予的範圍之內做到最好，至今他才開始認同孔子的各種舉措。不知是否被俗人所擾，聰明敏慧的子貢，對於這種超越時代的使命感卻沒有什麼自覺。

　　或因樸素直率的子路對老師極度愛戴的緣故吧，他抓

住了孔子思維體系中最重要的價值。在這樣的歲月中，子路也已經五十歲了。雖然不能說是磨去了稜角，但是疊加上了人性的厚重之感，也漸漸地呈現出後世為人樂道的「萬鍾於我何加焉」的氣骨，炯炯有神的目光，也遠離了浪人無用的自負，開始具有一種堂堂的大家風範了。

十四

　　孔子第四次造訪衛國之時，年輕的衛侯和正卿孔叔圉懇求將子路留在衛國任職。於是，子路跟老師告別，留在了衛國。十年來，衛國在南子夫人的亂行之下紛爭不斷。先有公孫戍者企圖反抗南子反而遭譴，亡命魯國。接著靈公的兒子也想要刺殺義母南子，事敗後逃命晉國。在太子空位之時，靈公卒。別無他法，只好立了亡命太子的兒子——年幼的輒繼承王位，是謂「出公」。出奔的太子借用晉國的力量偷偷潛入衛國的西部，虎視眈眈地窺探衛侯之位。在這樣的環境中不斷對抗未來危險的現任衛侯是兒子，想要奪位取而代之的是他的父親。子路將要任職的衛國就處於這樣的狀況。

子路的工作是為孔家做宰治理蒲地。衛國的孔家是相當於魯國季孫氏的望族，一家之主的孔叔圉很久以前就作為一個聲名遠播的名大夫。蒲地是之前受到南子的讒言迫害而亡命的公孫戍的舊領地，因此，那裏的人對於驅逐了自己主人的現任政府抱有反抗的態度，再加上這裏本是民風粗獷之地，暴民襲擊極為猖獗。

在出發去任職之地前，子路去見了孔子，並講述了有關「封地之內多壯士，難以治理」的事情，請求孔子賜教。孔子言道，「恭而敬，可以攝勇；寬而正，可以懷強；愛而恕，可以容困；溫而斷，可以抑姦」。子路再拜謝過孔子，欣然赴任，到了蒲地，子路喚來了當地有勢力者和反抗分子，跟他們進行了推心置腹的談話。這並非子路想要征服他們所用的手段。正是因為深知孔子常說的「不教不可刑」之理，所以先要對他們表明來意。子路毫不做作的直率和這片狂野之地的人的脾氣很是相投，壯士都紛紛對子路的明快豁達表示了推崇和敬服。更何況，這段時間子路也早已作為孔子門下最豪爽的男子而聞名天下了。甚至連孔子也說「片言可以折獄者，其由也與？」被世人所熟知。所以，子路能夠收服蒲地的壯士，或許也有孔子評價

的功勞吧。

三年後，孔子偶然經過蒲地。一踏進其領地，就說道：「善哉，由也。恭敬以信矣。」要進入都城之時，孔子又言道：「善哉，由也。忠信以寬矣。」等到快要行至子路的住處時，又說道：「善哉！由也。明察以斷矣。」手裏拎著轡繩的子貢詢問孔子，還沒有見到子路如何就能夠如此盛讚他？孔子回答他說，我們進入領地之後，發現田地規整，荒草開闢，溝壑深邃齊整。這是由於民眾對治理者恭敬信服，才會盡力而為之的緣故。進入城郭之後，民房牆屋完整，樹木繁茂。這是由於治理者忠信於人且寬以待人之故，民眾自然不會忽視營生。接下來我們就到院子裏一看，甚是清閑，從者僕童無一人亂者。這是治理者明察善斷，施政調理有序之故也。

通過這些，難道不能看到子路施政的種種嗎？

十五

魯哀公在西方大野捕獲麒麟之時，子路曾暫時從衛國回到魯國。彼時正逢小邾一個叫射的大夫叛國投奔到魯

國。這個跟子路有過一面之緣的男子對人說道：「使季路要我，吾無盟矣。」作為當時的慣例，亡命於他國者要首先與那個國家定下盟約保證自己的生命，才能安居於其國。但是，這個小邾的大夫竟然說「只要子路為我擔保，我就不需要魯國的盟約」。這就說明子路擁有從不違約毀諾的盛名。但是，子路乾脆拒絕了這個請求。有人言道，不信千乘之國的盟約，而獨信子路一人。所謂男兒的夙願也不過如此。子路答覆言道，若是魯國和小邾之間有事，讓我於城下赴死，必將不問緣由欣然應之。但是這個叫做射的男人是出賣自己國家的逆臣。如若我替他擔保，那豈非承認自己是賣國賊嗎？這種事情，還用考慮做不做嗎？

真正了解子路的人，在聽到這句話的時候，都不由得會心一笑。因為這正是子路會做的事，也正是子路會說的話呀。

同一年，齊國的陳恆弒其君。孔子齋戒三日後，來到哀公的面前，為了大義懇請魯哀公伐齊。一共懇請了三次。而哀公畏懼齊國的強大，不願聽從。讓孔子說予季孫共同商議。季康子是斷不可能贊成此事的。孔子從君王面前退下後，對旁人言道：「以吾從大夫之後，不敢不告也。」

就是說孔子知道自己說了也沒用，但是處在這個位置的他不說也是不行的。（當時孔子受到國老的待遇。）

子路聽聞後臉色不佳。難道夫子所為之事，只不過是為了維護形式上的完美嗎？只要形式上做到了，哪怕無法得到實施也完全無所謂，難道只是這種程度的義憤嗎？

子路受教於孔子已是近四十年之久，然而對兩人之間思考方式存在的溝壑卻依然是束手無策。

十六

子路執政於魯國之時，衛國的政界支柱孔叔圉辭世。他的妻子，也是亡命太子的姐姐，一個叫伯姬的女謀士登上了政治舞台。雖然她有一子繼承了孔叔圉之位，但也只是名義上的。對伯姬而言，現任的衛侯輒是她的外甥，而窺視衛侯之位的前太子則是她的弟弟。從親疏上講應當不分彼此。但是因為有著複雜的愛恨利欲糾葛，所以很奇怪的，伯姬一心只為弟弟出謀劃策。自夫君死後，她頻頻寵愛一個由侍從上位的俊美青年，名叫渾良夫，經常指派他往來於自己和弟弟蒯聵之間，私下裏，企圖將現任衛侯逐

出其位。

　　待到子路再次回到衛國，衛侯父子之爭更加趨於激化，到處能夠感受到政變的壓抑氛圍。

　　周昭王四十年閏十二月的某日，接近黃昏時分，有一個小吏慌張奔入子路的家中。他是從孔家老者欒寧之處而來。他帶來了欒寧的傳話。「今日，前太子蒯聵已潛入城內。就在剛才已經衝入孔宅，和伯姬、渾良夫一起威脅當前的家主孔悝，要他擁戴自己為衛侯。大勢已去。我自己（欒寧）現正準備侍奉現任衛侯逃奔魯國。接下來就看你的了。」

　　終於到這天了，子路心想。無論如何，聽到自己的直屬主人孔悝被人抓住並受到威脅，自己是無法保持沉默的。來不及插刀入鞘，子路空手持刀，就趕往了公宮。

　　當子路打算從外門進入之時，碰到了一個從裏面出來的矮個子，是子羔。他是孔門的後輩，經子路推薦在衛國當大夫，是一個正直但小氣的男人。子羔告訴子路內門已經關閉了。子路說，不管怎樣，先過去看看吧。子羔又接著說，現在進去已經沒用了，而且說不定還會被禍難波及。子路提高了聲音說道，我們難道不是食孔家之祿嗎，

因何要避開禍難呢？

　　當子路甩開了子羔，來到內門的時候，門果然已經從裏面關死了。子路大聲砸門。裏面的人高聲喊道：「不能進來！」聽著這刺耳的聲音，子路憤怒地大聲叫道：「聽這個聲音，你是公孫敢吧？我不是那種遇見禍難就逃匿變節之人。只要食君之祿，必要救君於患難之中。開門！開門！」

　　此時正好有官員從裏面出來，子路趁機與那人擦身而過，跳了進去。

　　子路放眼望去，大大的庭院已經擠滿了人，都是被人用孔悝之名「宣佈擁立新衛侯」的名義緊急召集的群臣。眾人面露或驚愕或困惑的表情，看來都不知何去何從。正對著院子的露台上，年輕的孔悝被母親伯姬和叔父蒯聵所控制，貌似正被迫著要對眾人宣佈政變以及相關說明。

　　子路從眾人背後向著露台大聲喊道：「你們抓住孔悝意欲何為！放開孔悝。就算你們殺了孔悝，正義之師也是不會滅亡的！」

　　子路，首先想到的是救出自己的主人。當庭院裏的吵鬧聲瞬間停歇了下來，所有人都回頭看子路時，子路又開始煽動眾人，「聽聞太子是一個膽小鬼。只要從下面放火燒

掉露台的話，他一定會感到害怕然後放開孔悝的。還不快放火？放火呀！」

已是日漸昏暗的庭院之中四處都點燃著篝火。子路用手指著篝火大聲喊著：「點火！點火！受過前代家主孔叔圉恩義的人，快去取火燒了露台。然後去救孔悝。」露台上的篡權者感到非常恐慌，命令石乞、盂黶兩名劍士去攻擊子路。

子路與兩人進行了激烈的砍殺。曾經的勇者子路，也無法戰勝年齡。子路逐漸疲勞，亂了呼吸。看到子路的臉色漸差，眾人此時才終於開始旗幟鮮明。叫罵聲紛紛向子路襲來，無數的石頭和棍棒打在子路身上。敵人的戰戟前端擦過子路的臉頰，冠帶被割斷了，眼看著頭冠將要落下。就在子路剛想用左手扶正頭冠的時候，被另一個敵人的劍刺進了肩頭。血噴了出來，子路倒在地上，頭冠也掉落了下來。子路摔倒在地，一邊仍伸手撿起頭冠，扶正到頭頂並很快繫好了冠帶。在敵人的刀刃之下，渾身浴血的子路，用盡最後的力量大聲叫道：「看吧！君子，要正冠而死！」

子路全身被斬剁得零零碎碎而死。

身在魯國的孔子聽說遙遠的衛國發生政變，立刻說道：「柴也其來乎？由也其死矣。」等到得知事情果真如他所言時，這個老聖人閉目佇立良久，最終潸然淚下。自從聽說子路的屍體最後遭醢，孔子就扔掉了家中所有鹽漬菜餚，且再沒吃過任何醃製的鹹肉了。

光・風・夢

一

1884 年 5 月的某個深夜，三十五歲的羅伯特·路易斯·史蒂文森 [1] 在法國南部小城耶爾的旅店裏突然咯血。由於他嘴裏溢滿了血，面對聞聲趕來的妻子無法開口說話，只好用鉛筆在紙條上寫道：「別害怕！如果這就是死，那也太輕鬆了。」

從此以後，他不得不為尋找療養地而四處輾轉。他在英國南部的療養勝地伯恩茅斯住了三年後，聽從醫生的建議穿過大西洋，去了科羅拉多 [2]，但他在美國卻過得並不開心，於是又輾轉前往南太平洋療養。七十噸的縱帆船沿經馬克薩斯群島、土阿莫土島、塔希提島、夏威夷島、吉爾伯特群島，在歷時一年半的航行之後，他於 1889 年底抵達薩摩亞的阿皮亞港。海上生活很舒適，各個島嶼的氣候也

---

[1] 羅伯特·路易斯·史蒂文森：（Robert Louis Stevenson, 1850–1894）英國作家、文學家。代表作品有長篇小說《金銀島》、《化身博士》、《綁架》等。

[2] 科羅拉多：美國西部的一個州，東接堪薩斯州，南界俄克拉荷馬州和新墨西哥州，西鄰猶他州，北與懷俄明州和內布拉斯加州接壤。該州首府兼最大城為丹佛。

無可挑剔。被史蒂文森自嘲为「僅剩下咳嗽與骨頭」的身體也暫且好轉，於是他想在這兒住住看，並在阿皮亞市郊外收購了大約四百英畝 ❶ 土地。然而他並非要在這裏度過餘生。實際上，次年 2 月，他將已收購的土地開墾與房屋建築等工作暫時委託於他人之後，便出發去了悉尼，隨後準備在那裏等待便船 ❷ 回一趟英國。

但不久後，他給在英國的一位友人的信中這樣寫道：「…… 老實說，事到如今我大概只能在死的時候最後回一次英國了吧！只有在熱帶，我的身體才能勉強好些，甚至在亞熱帶的這裏（新喀里多尼亞），我都會感冒，在悉尼我終究還是咯血了。現在我無法想像回到濃霧籠罩下的英國會怎樣 …… 要問我會不會難過？除了因為無法見到七八個英國朋友和一兩個美國朋友這件事令我很傷心之外，我更喜歡薩摩亞一些。大海、島嶼和土人 ❸，以及島上的生活和氣候也許真的會令我幸福吧！我並不覺得這樣的漂泊是不幸的 …… 」

---

❶　英畝：面積單位。1 英畝約合 $4047m^2$，符號為 ac。
❷　便船：正好開航的船。
❸　土人：土著人。外地人對世代居住在不發達地區的當地人的稱呼。

這年 11 月，他終於恢復健康回到了薩摩亞。土人木匠在其收購的土地上已經搭好了臨時小屋，正式建築要靠白人木匠才能完成。在房子蓋好之前，史蒂文森和妻子芳妮就在臨時小屋裏生活，並親自監督土人開墾土地。他們的土地位於阿皮亞市以南三英里❶瓦埃阿休眠火山的山腰地帶，是一處海拔六百英尺❷到一千三百英尺的高地，包含五條溪流、三簾瀑布以及多個峽谷峭壁。土人稱這裏為維利馬，即「五條河流」之意。在這片擁有蔥鬱的熱帶雨林之地上可以眺望到浩渺的南太平洋。對於史蒂文森來說，用自己的力量建造生活的每一塊基石，就像小時候玩箱庭❸遊戲一樣單純而快樂。因為自己的生活是用自己的雙手直接創造的——住在自己打好基樁的房子裏，坐在自己用鋸子製成的椅子上，品嚐著自己開墾的土地上採摘的蔬果。這種意識喚醒了他兒時第一次將自製的手工品放在桌上仔細

---

❶　英里：長度單位。1 英里為 1760 碼，約 1609.344m，符號 mil 或 mi。

❷　英尺：英制中的長度單位。1 英尺為 12 英寸（30.48cm）。

❸　箱庭：庭院式盆景，山水盆景。在一個很淺的箱或盆中放入土沙，栽植小型的草木，放入小型的房屋、橋和人物等模型，組成微型的庭院、山水等景物的裝飾藝術品。

端詳時的成就感。那些搭建小屋的原木和木板，還有每天的食物，全都來源分明──那些木頭都是從自己的山上採伐後運出，又在自己眼前刨好的；那些食物的出處也都一清二楚（橘子是從哪棵樹上採的，香蕉又是從哪塊田裏摘的……）。這些也給小時候只有媽媽做的飯才能放心食用的史蒂文森帶來了些許愉悅與安全感。

他如今正體驗著魯濱遜．克魯索❶或者華特．惠特曼❷的生活。「熱愛陽光、大地與生物，藐視財富，施捨乞丐，將白人文明視作一種偏見，和缺乏教育但充滿力量的人們一起闊步向前，在明媚的微風和陽光中感受勞動後的淋漓暢快感，忘記被人嘲笑的顧慮，只說真心想說的話，只做真正想做的事。」這就是他的新生活。

---

❶　魯濱遜．克魯索（Robinson Crusoe）：丹尼爾．笛福（Daniel Defoe, 1660–1731）的小說《魯濱遜漂流記》（1719）中的敘述者和主人公。

❷　華特．惠特曼（Walt Whitman, 1819–1892）：美國詩人。生於美國長島一個海濱小村莊，五歲那年全家遷移到布魯克林，父親在那兒做木工，承建房屋。他當過信差，學過排字，後來當過鄉村教師和編輯。這段生活經歷使他廣泛地接觸人民，接觸大自然，對後來的詩歌創作產生了極大的影響。

二

1890 年 12 月 × 日

五點起床。黎明時的天空透著美麗的乳鴿色，隨後逐漸變成了明亮的金色。在遙遠的北部，森林與街道的另一端，海面如鏡，波光粼粼。然而環礁外依舊波濤洶湧、白沫四濺。側耳傾聽，濤聲滾滾而來。

六點前早餐。一個橘子、兩個雞蛋。我邊吃邊漫不經心地望著陽台下面，發現陽台正下方的玉米地裏有兩三棵玉米在異常搖擺，正詫異時，一棵玉米倒了，嗖的一下就消失在了濃密的葉叢裏。我馬上出了屋子跑進田裏，看到兩頭小豬慌慌張張地逃走了。

對豬的惡作劇真是束手無策。這兒的豬與已經被馴化的歐羅巴❶的豬完全不同，牠們充滿野性和活力，不僅生猛，或可形容為美麗。我以前一直以為豬不會游泳，但為什麼南太平洋的豬都水性了得？我曾確實見過一頭大黑母

---

❶ 歐羅巴：拉丁語 Europa 的音譯，主要是指地緣學上的歐洲地區，該詞據說最初來自閃語的「伊利布」一字，意思是「日落的地方」或「西方的土地」。一說由希臘神話人物歐羅巴得名。

豬游了五百碼 **❶** 。牠們很伶俐，精通把椰子的果實在向陽處曬乾後再打開的方法。芳妮最近似乎每天都在為提防野豬忙得不可開交。

六點到九點工作。我寫完前天開始的《南洋來信》一章後就去割草。年輕的土人分成四組開始做起了農活、開闢道路等等。空氣裏迴響著斧頭的聲音，瀰漫著香煙的味道。亨利·西梅萊的監督使勞動似乎進行得非常順利，亨利是薩瓦伊島 **❷** 酋長的兒子，也是歐羅巴的優秀青年。

尋找並清除籬笆裏簇生的咬咬草（又名絆絆草），因為這種草是我們最大的敵人。它的敏感程度令人吃驚，它有著狡猾的知覺——隨風搖曳時碰到其他草並無異樣，但只要有人輕輕碰一下，它便會立刻閉上葉子。這是一種收緊後如同黃鼠狼般咬住不放的植物，猶如牡蠣吸附岩石那樣把根執拗地盤繞在土裏和其他植物的根上。清理完咬咬草之後，接著是野生酸橙樹，而我的雙手多處被尖刺和有彈力的吸盤弄傷。

---

❶ 碼：長度單位。1 碼為 3 英尺，91.44cm，符號為 yd。

❷ 薩瓦伊島：太平洋中南部薩摩亞最西端和最大的島嶼。

十點半，從陽台處傳來了螺號聲。午餐是冷肉、木樨果、餅乾和紅葡萄酒。

　　飯罷，我本想寫詩，卻無法進入狀態，便吹了會兒銀笛，到一點時又來到外面，準備開拓通向瓦伊特林卡河岸的道路。於是我手持斧頭獨自走入密林，頭頂上是重疊交錯的大樹，陽光透過樹葉的間隙，在地面上投下斑斑駁駁的影子，如同印上了銀色斑點般美麗的圖案。地上隨處傾倒的大樹攔住了去路，上攀、下垂、纏繞、成環的蔓草氾濫成災。呈囊瓣狀盛開的蘭花，伸著有毒觸手的蕨類，巨大的白星海芋。多汁小樹的枝丫用斧子一揮，便啪的一聲清脆地斷裂，而堅韌的老樹枝卻難以砍斷。

　　此時此刻萬籟俱寂，除了我揮斧頭的聲音什麼也聽不到。這片繁茂的翠綠世界，多孤寂啊！白晝的悄無聲息，多恐怖啊！

　　突然遠處傳來某種低沉的聲音，緊接著聽到短促而尖銳的笑聲。我感覺後背一陣發涼，剛才那聲音是從哪裏傳來的回聲嗎？那笑聲是鳥叫嗎？這裏的鳥叫聲像極了人聲，日落時的瓦埃阿山充滿了如同小孩叫聲般尖銳的鳥鳴聲，但剛才的聲音又和那些不太像，我最終也沒能分辨出

聲音的真正來源。

回家途中，我突然構思了一篇文章，是以這片密林為舞台的情景劇。這個思緒（以及其中一個情景）如同彈頭般貫穿了我。不知能否寫好，但我決定把這個思緒暫時放到腦海一角先暖暖，就像母雞孵蛋時那樣。

五點鐘晚餐。有清燉牛肉、烤香蕉、盛放於菠蘿裏的波爾多紅葡萄酒。

飯後與其說是教亨利英語，不如說是和薩摩亞語的相互切磋。亨利怎麼能日日忍受這無聊黃昏中的授課，我覺得很不可思議。（今天是英語，明天是初等數學。）即使在樂於享受的波利尼西亞人❶中，他們薩摩亞人也是非常活躍的。他們不喜歡自我強迫，喜歡的是歌曲、舞蹈和漂亮衣服（他們是南海的時尚達人）、沐浴、卡瓦酒❷，以及談笑、演說和馬蘭加。年輕人成群結隊挨村挨戶連續數日四處遊玩，被拜訪的村莊都會用卡瓦酒和舞蹈熱情款待。薩

---

❶　波利尼西亞人：大洋洲東部波利尼西亞群島的民族集團。原崇拜多神，迷信巫術，現多改信基督教和天主教。

❷　卡瓦酒：其本身並不含任何酒精，是用產於南太平洋群島（斐濟、瓦努阿圖等地）的一種卡瓦胡椒，取根部磨碎成粉用水調製而成的。

摩亞人天性中無止境的活力也表現在他們的語言中沒有「借錢」或「借」這個詞，最近他們用的這個詞是從塔希提 ❶ 學來的。薩摩亞人先前本不做像「借」這種麻煩事，都是直接「要」的，因此語言裏沒有「借」這樣的詞。像「要」、「乞討」、「勒索」這類的詞很多。根據要到的東西種類，例如要區分魚、芋頭、烏龜、草蓆等，「要」裏面能分出好幾種說法。另外還有個有趣的事例：當土著囚犯被迫穿著怪異的囚服進行道路施工時，他們的族人會身著節日盛裝、攜帶飯菜前去遊玩，在施工一半的路中央大擺筵席，囚犯和族人一起又喝又唱地悠閒度過整日。這是多麼滑稽的活力！但我們的亨利・西梅萊和這些族人不同。在這些青年中，他追求組織性，並非隨意而為，但這種性格的人在波利尼西亞人中則屬異類。與他相比，廚師保羅雖為白人，但在智慧上天差地別。負責飼養家畜的拉法埃萊是典型的薩摩亞人，身高約一米九三，薩摩亞人原本體格健壯，但拉法埃萊只是四肢發達頭腦簡單的憨厚人物。這麼一個像

---

❶　塔希提：也譯為塔西提島，又稱為大溪地，是法屬波利尼西亞向風群島的最大島嶼，位於南太平洋。

赫拉克勒斯 [1] 或阿基里斯 [2] 那樣的巨漢卻用嬌滴滴的口吻喊我「爸爸、爸爸」，真讓人受不了。他非常害怕幽靈，晚上從來不敢隻身一人去香蕉地。（一般波利尼西亞人說「他是人」時，意思是「他不是幽靈，而是活生生的人」。）兩三天前，拉法埃萊講了一件趣事，說的是他一個朋友看見了已故父親的幽靈。傍晚，那個男人正站在已故大約二十多天的父親墳前，忽然發現一隻雪白的仙鶴不知何時站立在珊瑚屑堆成的墳頭上，他想這一定就是父親的幽靈，湊上前去看時，仙鶴的數目漸漸多了起來，中間還夾雜著黑鶴。不一會兒仙鶴不見了，一隻白貓蹲在墳頭上，緊接著，灰貓、花貓、黑貓等所有毛色的貓都如同幻影般悄悄聚攏在白貓周圍。牠們慢慢融進了周圍的暮色裏，但那個男人始終堅信自己看見了變為仙鶴的父親……

---

[1] 　赫拉克勒斯：古希臘羅馬神話中的大力神，是主神宙斯與阿爾克墨涅之子，死後成為大力神，他懲惡揚善，敢於鬥爭。

[2] 　阿基里斯：是荷馬史詩《伊利亞特》中參加特洛伊戰爭的一個半神英雄，希臘聯軍第一勇士。

12 月××日

上午，我借來三稜鏡羅盤儀便開始工作了。這個儀器自1871年後我就不曾碰過了，也不曾想起過。總之，先畫了五個三角形，這使我重新燃起了愛丁堡大學工科畢業生的自豪感，然而我曾是一個多麼懶惰的學生啊！我突然想起了布拉奇依教授和泰德教授。

下午又和植物裸露的生命力做無言鬥爭。像這樣揮著斧頭和鐮刀的工作能掙六便士，我覺得很滿足。雖然在家趴在桌子上也能掙二十英鎊，但我心裏為自我的懶惰和浪費的時間表示哀悼。這到底是怎麼一回事呢？

工作時突然想到「我幸福嗎？」但幸福這東西很難捉摸，它存在於意識之前。然而說起快樂，我知道有無數種快樂（雖然每一種快樂也許並不完整）。其中，我認為「獨自一人在寂靜的熱帶雨林中揮斧」的伐木工作是最快樂的。誠然，這項「如美歌、似激情」的工作令我陶醉。我喜歡現在的生活，不想和其他任何環境交換。雖然坦率而言，某種強烈的厭惡感讓我不停地發抖，這或許是接觸了與身體不適應的環境而產生的過敏反應吧！這種粗暴殘酷感刺激著我的神經，時時刻刻壓迫著我的心。蠕動的、纏繞的

東西引起的作嘔感，四周的空寂和神秘以及迷信般的恐怖感，我自身的荒廢感，不斷殺戮的殘酷感。通過我的指尖能感知到植物的生命，它們哀求般的掙扎讓我震驚，我覺得自己身上沾滿鮮血。

芳妮的中耳炎似乎還在疼。

木匠的馬踩碎了十四個雞蛋。聽說昨晚我們的馬脫韁跑了，在附近（說起來也挺遠的）農田裏拱出來一個大洞。

雖然我身體感覺好轉了些，但體力似乎透支了。晚上躺在床上的蚊帳裏，感覺後背發疼，猶如牙痛般劇烈。閉上眼睛，最近每晚都會清楚地看見雜草中的每一棵草，它們生機勃勃、富有活力。也就是說，在我筋疲力盡地躺在床上的幾個小時裏，還會在精神上重複白天的勞動。即使在夢中，我也繼續撕扯著頑固的植物藤蔓，被蕁麻的荊棘所困擾，被檸檬的尖刺刺傷，被蜜蜂像火燎般蜇痛。腳底黏糊糊的黏土，無法拔出的樹根，可怕的炎熱，突然吹過的微風，附近森林中傳來的鳥聲，誰在捉弄般喊我名字的聲音，笑聲，發信號的口哨聲……白天的生活在夢裏差不多又重新過了一遍。

12 月 × × 日

昨晚有三頭小豬被偷了。

今早，因為巨漢拉法埃萊膽怯地出現在我們面前，所以質問了他有關小豬被偷的事，並且在話裏設了陷阱，那都是些騙孩子的把戲。這些都是芳妮安排的，我並不太喜歡這種事。芳妮首先讓拉法埃萊坐下，自己站在他對面稍遠的地方，伸出雙手用兩隻食指對準他的雙眼慢慢靠近，拉法埃萊面對這來勢洶洶的樣子，一臉害怕，等芳妮手指靠近時他早就閉上了眼睛。此時，芳妮張開左手的食指和大拇指觸碰到他雙眼，右手繞到他身後，輕輕地敲一下他的頭和後背，拉法埃萊還一直以為觸碰自己雙眼的是芳妮的左右食指呢！芳妮將右手恢復成原先的姿勢，並讓拉法埃萊張開眼。拉法埃萊表情怪異，立刻問剛才敲自己後腦勺的是什麼。「那是跟著我的怪物。」芳妮說，「我把它叫醒了，現在已經沒事了，怪物會抓住偷豬人的」。

三十分鐘後，拉法埃萊因為擔心又來找我們，只是來確認剛才怪物的話是否屬實。

「當然是真的啦！偷豬的人今晚睡覺時，怪物也會跟他睡的，然後那個人就會得病。這是偷豬的代價啊！」

作為幽靈信徒的巨漢臉色更顯不安了。我覺得他不是犯人，但他肯定知道犯人是誰。或許今晚他就會被邀請享用那些小豬的餐宴，但是對拉法埃萊來說，那將不是一頓愉快的晚餐。

前段時間我在森林裏構思的那個故事似乎已在腦海中發酵了不少，題目就命名為《烏魯法努阿的高原森林》吧！烏魯是森林，法努阿是土地，我準備用優美的薩摩亞語作為作品中島嶼的名字。雖然我還未曾動筆，但是作品中的各種場面像拉洋片 ❶ 裏的圖片那樣陸續不斷地浮現，讓人應接不暇。也許會成為非常優美的敘事詩，但也有可能淪為無聊甜膩的愛情劇。我胸口好像孕育著電火花般，正在進行的《南洋來信》這類遊記似乎也不能安心地寫下去了。雖然我在寫隨筆和詩（不過我的詩都是為休閒而作的打油詩，不能算數）時，從不會被這種興奮感所干擾。

傍晚，壯麗的晚霞爬上了大樹枝梢與群山背後，不久一輪滿月從低地和海那邊升起時，這兒少見的嚴寒便開始

---

❶ 拉洋片：一種把故事情節等繪成多幅畫面裝入相框，依次讓人觀看，同時唸對白解說的曲藝形式。

了。眾人夜不能寐，皆起身尋找棉被。現在幾點了？——外面猶如白晝般明亮，月亮正掛在瓦埃阿山的山巔上，剛好是正西方向。鳥兒們鴉雀無聲，屋後的森林也似乎被這嚴寒給凍疼了。

氣溫一定降到六十攝氏度以下。

三

1891 年 1 月，洛伊德收拾好一切居家用品，從伯恩茅斯的斯克里沃阿山莊那邊趕來了。他是芳妮的兒子，如今已經二十五歲了。

十五年前史蒂文森在楓丹白露森林初遇芳妮時，她已經是一位擁有一雙兒女的母親了。女兒叫伊莎貝爾，近二十歲。兒子叫洛伊德，九歲。雖然芳妮當時在戶籍上還是美國人奧斯本的妻子，但她很早就離開丈夫遠渡歐洲，做雜誌記者的同時，帶著兩個孩子謀求生計。

三年後，史蒂文森渡過了大西洋，追隨當時已回到加利福尼亞的芳妮。他幾乎與父親斷絕關係，對朋友誠懇的勸告（他們都擔心史蒂文森的身體）也置之不理，他是

在最差的健康狀況下、在比之更糟的經濟狀況下出發的。最終抵達加州時，他已到了瀕死邊緣。但是，他總算努力地活了下來，等到第二年芳妮和前夫離婚後，他們兩人便結了婚。比史蒂文森年長十一歲的芳妮該年四十二歲，前年女兒伊莎貝爾結婚並生下一個男孩，因此她已經為人祖母了。

如此一來，飽嘗世道辛酸的中年美國婦女與從小備受呵護、任性卻很有天分的年輕蘇格蘭人便開始了婚姻生活。但因丈夫體弱多病、妻子年紀大的緣故，不久使兩人變成了與其說是夫婦，倒不如說更像藝術家與其經紀人的關係。芳妮擁有史蒂文森所欠缺的注重實際的才能，作為他的經紀人的確是優秀的，但有時也會因太過優秀而惹人不滿，尤其是在她僭越經紀人的本分想進入批評家的領域時。

事實上，史蒂文森的原稿都必須經由芳妮審閱。把他花三個通宵完成的《賈基爾博士和海德先生》初稿丟進火爐的，是芳妮；沒收婚前的情詩堅決不讓其出版的，也是她；在伯恩茅斯的時候，說是為了丈夫的身體，堅決不讓所有老朋友進入病房的，還是她。這件事令史蒂文森的朋

友非常不悅。性情直爽的 W. E. 亨雷（把加里波第❶將軍寫成一位詩人的就是他）第一個表示憤慨：「為什麼那個皮膚發黑、長著老鷹眼的美國女人非要多管閒事呢？因為她的存在史蒂文森就像變了個人。」雖然這位豪爽的紅鬍子詩人也在自己作品裏足夠冷靜地觀察友情是如何因家庭和妻子而變化的，但他無法容忍眼前最有魅力的朋友被一個婦人奪走。就連史蒂文森本人對芳妮的才能也有幾分失算之處。他把稍微聰明的女性皆有對男性心理的敏銳洞察力，以及芳妮作為新聞記者特有的才能都高估成了藝術評論能力。後來他也意識到這種失算，不得不屈服於妻子時而令人難以信服的評論（程度厲害點，不如說是干涉）。「妻子，像鋼鐵一樣認真，像刀刃一般剛強。」在某首打油詩中他已向芳妮繳械投降了。

洛伊德與繼父史蒂文森一起生活期間，不知何時自己也會寫小說了。似乎這個青年和母親一樣也頗有幾分記者的才能。兒子寫出來的東西，父親再添上幾筆，最後再由

❶ 加里波第：朱塞佩·加里波第（Giuseppe Garibaldi, 1807–1882），意大利愛國志士及軍人。他獻身於意大利統一運動，是意大利建國三傑之一。由於在南美洲及歐洲對軍事冒險的貢獻，他也贏得了「兩個世界的英雄」的美稱。

母親評論 —— 一個奇妙的作品就誕生了。父子倆以前就合作過一部作品，這次在瓦伊利馬一起生活之後，他們計劃再合作一部名為《退潮》的新作品。

到了 4 月，房子終於竣工了，周圍被草坪和木槿花環繞著，暗綠色木製兩層結構的紅色屋頂讓土人大開眼界。史蒂古隆先生或斯特雷文先生（很少有土人能正確發出他名字的讀音），抑或茨西塔拉（土語指「講故事的人」）是富翁，是大酋長 ❶，他們似乎都已經毫無疑問了。有關他豪宅的傳聞不久隨風遠揚，最遠一直流傳到了斐濟 ❷、湯加 ❸ 等島嶼。

不久，史蒂文森的老母親從蘇格蘭來到這兒與他們一起生活。同時，洛伊德的姐姐伊莎貝爾‧斯特朗夫人也帶著長子奧斯汀來瓦伊利馬會合了。

史蒂文森的健康狀況出奇地好，連砍樹、騎馬似乎都不怎麼累。他把寫作每天規定在五個小時左右，因為他建

---

❶　大酋長：特指原始部落的頭領。

❷　斐濟：位於南太平洋，瓦努阿圖以東、湯加以西、圖瓦盧以南。

❸　湯加：又譯東加，全名湯加王國。一個位於太平洋西南部赤道附近、國際日期變更線的西側，世界上最先開始新一天的國家。

築費用花了三千英鎊，即使厭煩也不得不伏案疾書。

四

1891年5月×日

在自己的領地內（及周邊）探險。我前幾天已去過了
瓦伊特林卡流域，今天開始探索瓦埃阿河的上游。

我在叢林裏大致辨清方位後向東行進，好不容易才找
到河邊。起初河床是乾涸的。雖然我把「傑克」（馬）帶來
了，但河床上矮木叢生，馬無法通過，只得把牠拴在叢林
裏的一棵樹上。沿著乾涸的河道往上走，峽谷越來越窄，
四處有很多洞穴，不用彎腰就能輕而易舉地從傾倒的大樹
下穿過去。

河道向北蜿蜒，水流聲潺潺入耳。不久水流碰到了聳
立的岩壁，水在岩壁如簾般淺流而下，接著潛入地下消失
不見。岩壁看起來不太可能登上去，我攀著樹爬上了旁邊
的河堤。青草散發著熱氣，悶乎乎的。含羞草的花、鳳尾
草的觸角，使我的脈搏加快。忽然間似乎聽到水車的旋轉
聲，像是一架巨大的水車在腳邊咯吱作響，也像極了遠處

傳來的雷鳴聲響。聲音響了兩三次，每次響起時，感覺整座寂靜的山都在跟著搖晃，原來是地震了。

　　沿著水路繼續往前走，這裏水源密集，水涼蝕骨，清澈見底。四周都是夾竹桃、檸檬樹、露兜樹和橘子樹，在這些樹木搭成的圓屋頂下稍走片刻，水又消失了，它們應該是潛入地下熔岩洞穴的長廊裏去了。我在長廊上漫步，不論走多久，似乎都無法從被樹木掩蓋的井底爬出來。走了很長一段路後，叢林漸疏，天空在樹葉間依稀可見。

　　突然我聽到了牛的哞哞聲。我斷定那是我的牛，但牠似乎並不認識我，所以情況非常危急。我停下腳步，一邊觀察牠的表情，一邊巧妙地讓了過去。又走了一會兒，眼前熔岩懸崖疊嶂，瀑布清淺美麗，一瀉而下。下方水潭裏，許多指頭般大的小魚恬意地游著，似乎還有些小龍蝦。巨樹的洞穴腐朽傾塌後，一半浸泡在水中，溪灘的一塊岩石通身紅透，像極了紅寶石，讓人感到不可思議。

　　不久河床乾涸，我終於登上瓦埃阿山陡峭的一面。靠近山頂高地時，河床已消失不見。彷徨片刻，在高地即將墜入東側大峽邊緣時，一棵巨榕映入眼簾。它大概有二百

英尺高，巨大的枝幹與不計其數的隨從（氣根 ❶）猶如扛起地球的阿特拉斯 ❷ 一樣支撐著像怪鳥翅膀般張開的無數巨枝。鳳尾草和蘭花在樹枝組成的山頂各自像另一片森林般成簇茂密，樹枝相互交錯成一個巨大的圓頂，它們層層疊起，向西方明亮的天空（已近黃昏）高高地伸出手臂，從距東方數英里的山谷到田野之間投下蜿蜒舒展的巨大影子。這是多麼壯麗的景觀啊！

已經很晚了，我慌忙返回。回到拴馬處一看，「傑克」已陷入了半瘋癲狀態。可能是牠獨自被扔在森林裏大半天而感到孤單害怕。土人都說在瓦埃阿山有個名叫阿伊特‧法菲內的女妖出沒，「傑克」或許看到她了。好幾次我都快被「傑克」踢到了，最後好不容易才把牠哄得安靜下來，帶回了家。

---

❶　氣根：暴露於空氣中的根。尤指一種生長在附生植物和與土壤不接觸的攀緣植物上的根，通常有將植物固定於支持物上並常常有光合作用的功能。

❷　阿特拉斯：或譯亞特拉斯，伊阿珀托斯之子，希臘神話中泰坦神之一，希臘神話裏的擎天神，屬提坦神族。因反抗宙斯失敗，被宙斯降罪來用雙肩支撐著天。

5月××日

下午，我伴著貝爾（伊莎貝爾）的鋼琴聲吹了會兒銀笛，牧師克拉克斯通前來拜訪。他向我提議想把《瓶中的妖怪》翻譯成薩摩亞語，並登載於《歐·雷·薩爾·薩摩亞》雜誌上，我欣然應允。在我的短篇作品裏，我最喜歡的就是很久以前寫的《任性的珍妮特》和《瓶中的妖怪》這則寓言故事。因為這是以南洋為背景的故事，或許土人也會喜歡，如此一來，我便成了他們的茨西塔拉（講故事的人）。

夜裏，躺下後傳來了雨聲，伴隨著遠處海上微弱的閃電。

5月××日

我下山進城，幾乎整日都忙於外匯的事，因為銀價的漲跌在這兒相當麻煩。

下午，船長哈米爾頓去世了。他曾娶土著女人為妻，島民親切地稱呼他薩梅素尼。停在港內的船隻為他降半旗致哀。

晚上，我徒步去了美國領事館。月圓夜靜，拐過馬塔

托街角時，前方傳來了讚美詩的合誦聲。許多（土著）女人在死者家的陽台上歌唱著，寡婦梅阿里（她依然是薩摩亞人）坐在門口的椅子上。由於她和我關係頗好，便請我坐到她旁邊，於是我看見了已故船長，他躺在屋內桌子上，遺體被床單包裹著。讚美詩完畢，土人牧師站起來開始講話，那些話冗長枯燥。明燈 ❶ 的光從門窗灑向室外。許多棕色皮膚的少女坐在我身旁，悶熱至極。牧師的演講結束後，梅阿里便把我領進屋。眼前這位已故船長兩手交叉放於胸前，臉色安詳，好像將要開口說著什麼，我從沒見過如此栩栩如生、精美的蠟製人像。

行完禮我去了外邊。月色明亮，不知從哪裏飄來橘子的香味。世間的戰鬥已經結束，在這美麗的熱帶之夜，一種對在少女歌聲中靜靜入眠的已故船長的羨慕之情油然而生。

5月××日

《南洋來信》讓編輯和讀者感到不滿的理由，聽說是

---

❶ 明燈：供奉於神像、佛像前的燈。

「南洋研究的資料搜集或科學性的觀察應該有他人為之。讀者對 R. L. S. 先生的一點期待顯然是南海獵奇冒險記要用華麗辭藻來敘述」。沒有開玩笑！我在寫那份稿子時，腦海裏浮現的墊本是十八世紀風格的遊記，抑制作者的主觀情緒，始終就事而論的觀察 —— 我就是用這種方法。難道說《寶島》的作者永遠只要寫海盜和被掩埋的寶藏就可以了？沒資格考察南洋的殖民狀況、原住居民的人口減少現象或傳教的現狀嗎？芳妮和美國編輯意見相同，說什麼「比起精確的觀察，不如用華麗的辭藻寫點有趣的故事……」這讓我無法忍受。

近期我漸漸討厭起自己曾經那種極致的色彩描寫了，因此最近我的文體打算以兩點為目標：一、杜絕無用的形容詞。二、向視覺性描寫宣戰。不論是《紐約太陽報》❶的編輯，還是芳妮或洛伊德，似乎都還沒意識到這一點。

《觸礁船打撈工人》進展順利，除洛伊德外，伊莎貝爾

---

❶ 《紐約太陽報》：1833 年 9 月 3 日由美國人本傑明‧H‧戴創辦，是美國第一份成功的按商業原則創辦的商業報紙，也是第一份報價便宜的「便士報」。旨在抓住下層民眾的興趣，刊登的主要是自殺、犯罪、審判、失火等社會新聞。最終因嚴重虧損於 2008 年 9 月 30 日停刊。

這位更認真的筆述者的加入，對我幫助很大。

我向看管家畜的拉法埃萊詢問目前的牲畜數量，他說有三頭奶牛，一對公母牛崽，八匹馬（此處就算不問我也知曉），三十多頭豬，鴨子由於到處都有只能說是無數，另外還有不計其數的野貓在狂妄專橫。野貓也算家畜嗎？

5月××日

聽說城裏來了環島演出的馬戲團，我們全家一起去看。在正中午的大帳篷下，伴著土人男女老少的嘈雜聲，我們一邊吹著微溫的風，一邊觀賞著雜技。這裏是我們唯一的劇場。「普洛斯彼羅」是踩球的黑熊，「米蘭達」一邊在馬背上歡舞一邊穿越火圈。

傍晚回家，我總覺得心裏不快。

6月××日

昨晚八點半左右，我和洛伊德正在房間時，米塔伊埃雷（十一二歲的少年僕人）跑來說和他一起住的帕塔利瑟（他是十五六歲的少年，最近剛從室外勞動安排進室內服務。由於他是瓦利斯島人，所以對英語一竅不通，薩摩亞

語也只會五個單詞）突然說起胡話來，感覺很嚇人。別人無論說什麼他都不聽，口裏只說著「我現在要去見我森林裏的家人」。

「那孩子的家是在森林裏嗎？」我問。「怎麼會呢？」米塔伊埃雷回答。我立刻和洛伊德去了他們的臥室。帕塔利瑟看起來就像睡著了一樣，但嘴裏依然說著什麼夢話，時而發出像是受驚的老鼠叫聲。我摸了摸他的身體，特別涼，脈搏也不算快，呼吸時肚子起伏很大。突然，他站了起來，低著頭，用一種像是要往前摔倒般的姿勢朝門口走去（但是動作並不快，好像發條鬆掉的機械玩具般，有種奇妙的遲鈍感）。我和洛伊德把他抓住、哄他入睡，不久他似乎開始試圖掙脫。這次力量很大，我們只得把他（用床單或繩子）綁在床上。被綁住的帕塔利瑟嘴裏時而不停嘟囔著什麼，時而像發怒的小孩一樣哭泣。他的話裏除了反覆出現「法阿奠雷莫雷（請）」之外，似乎還有「我家人在喊我」之類的信息。這時，少年阿利庫、拉法埃萊和薩瓦納他們也來了。因為薩瓦納和帕塔利瑟出生在同一個島上，可以和他自由交流，所以我們把帕塔利瑟委託給他們照顧後就回了房間。

我突然聽到阿利庫在喊我，急忙跑去才發現帕塔利瑟已完全掙脫了捆綁，被巨漢拉法埃萊給抓住了。他拚命抵抗，需要五個人才能抓住他，但是瘋子力量驚人，我和洛伊德各騎住他一隻腳，結果兩人都被踢出去兩英尺多高。直到凌晨一點左右，我們終於摁住了他，把他的手腕和腳腕都綁在鐵床腿上。雖然這樣讓人心裏不舒服，但也是無奈之舉。此後他似乎發作得更厲害了，雖說如此，這簡直是賴德·哈格德❶的世界（說起哈格德，他的弟弟是土地管理委員，現住在阿皮亞城）。

　　拉法埃萊說了句「瘋子的狀況非常糟糕，我回家去取一些家傳秘方來」，於是便出了門。不久，他拿來幾片我們從沒見過的樹葉，在嘴裏嚼碎後貼在瘋狂少年的眼睛上，

---

❶　賴德·哈格德：全名為亨利·賴德·哈格德（Henry Rider Haggard, 1856–1925），生於英國諾福克郡，十九歲時到南非總督納塔爾手下做事，在南非的經歷為哈格德以後的寫作提供了大量的素材。他以離奇的想像、豐富的閱歷和對感覺準確的把握，進一步發展了由笛福、司格特以及費尼莫爾·庫珀開創的探險故事這一文學形式。

往耳朵裏滴了些樹葉的汁（哈姆雷特 ❶ 的場面？），鼻孔裏也塞了些。兩點左右，瘋子陷入熟睡，一直到早上似乎都沒再發作。今天早上我向拉法埃萊打聽情況，他說：「那是一種能毒死人且很容易製造的劇毒。我昨晚還擔心藥劑用得過量了。除我以外，在這個島上還有一人知道它的用法。那是個女人，曾為了達到不良企圖而使用過它。」

　　一大早，我們請來港口軍艦上的醫生給帕塔利瑟做檢查，聽說並無異狀。少年不顧勸阻，堅持說他今天一定得工作，並在早飯期間來到眾人面前，大概是對昨晚的突發事件表示歉意的緣故，他吻了家裏每一個人。這個瘋狂的吻使大家都很為難。然而，土人都相信帕塔利瑟所說的那些夢話。他們說帕塔利瑟家死去的親人從森林來到臥室，吵嚷著要把少年帶去冥界。還說最近去世的帕塔利瑟的哥哥當天下午在叢林裏還和少年碰了面，並敲了他的額頭。此外還傳說我們昨晚整晚都在和死者的幽靈持續作戰，最

---

❶　哈姆雷特：是威廉・莎士比亞（William Shakespeare, 1564–1616）創作於1599 年至 1602 年間的一部悲劇作品，主要講述丹麥王子哈姆雷特為父報仇的故事。作品中老國王化作鬼魂並向哈姆雷特告知真相：歹毒的克勞狄斯趁他午後在花園裏熟睡時，偷偷把劇毒的烏木汁灌進他耳朵裏。

後以勝利告終，幽靈不得不逃回暗夜（那兒是他們的棲身之所）。

6月××日

科爾文給我們寄來了照片。（幾乎與感性無緣的）芳妮忍不住紅了眼眶。

如今的我缺少朋友。缺少（在各種意義上）能夠平等對話的朋友；擁有著共同過去的朋友；在對話中無須頭注和腳注的朋友；即使用粗魯的言語，在心裏仍是無比尊敬的朋友。在這個氣候舒適、活力充沛的日子裏，美中不足的就只有這個。科爾文、巴克斯特、W. E. 亨雷、高斯，還有稍晚認識的亨利‧詹姆斯，回想我的青春擁有過這些深厚的友情，全是比我更優秀的傢伙。和亨雷鬧僵，是我現在回想起來最痛悔的事了。從道理上講，我絲毫不覺得自己錯了，但是道理什麼的都不成問題。那個體格魁梧、捲鬚、紅臉膛、獨腳的男人和蒼白瘦削的我一起在秋天的蘇格蘭旅行時，想想那份二十來歲年輕健康的快樂吧！那個

男人的笑聲「不只是臉和橫膈膜 ❶ 的笑，而是遍及頭部到腳跟的全身的笑」，我現在似乎都能聽得到。他是個不可思議的男人。和他說話時，你會覺得世上沒有不可能的事。在談話過程中，不知何時我自己也成了富豪、天才、國王、手持神燈的阿拉丁……

過去那些親切的臉龐陸續不斷浮現在我眼前。為擺脫這無用的感傷，我埋頭工作。前些日子一直在寫薩摩亞紛爭史，或者可以說是薩摩亞的白人蠻橫史。

然而，離開英國和蘇格蘭後剛好已經四年了。

五

薩摩亞自古以來地方自治制度極為牢固，名義上雖然是王國，但國王幾乎不擁有政治上的實權。實際政治權全由各地地區會議決定。國王並非世襲，甚至也並非常置。自古以來，在這片島嶼上，相當於王者

---

❶ 橫膈膜：人或哺乳動物胸腔和腹腔之間的膜狀肌肉。收縮時胸腔擴大，鬆弛時胸腔縮小。

資格的榮譽稱號就有五個。根據聲望或功績，在各地大酋長中擁有這五個稱號的全部或超過半數的人，才能被推舉為國王。但是通常能將這五個稱號集於一身的情況非常罕見，大多是除國王之外，還擁有一兩個稱號的保持者。因此，王位不斷受到其他持有王位請求權者的威脅。換句話說，這種狀況在其內部必然埋下了內亂紛爭的導火索。

——J. B. 斯特阿《薩摩亞地志》

1881 年，在五個稱號裏擁有「馬里埃特阿」、「納特埃特雷」、「塔瑪索阿里」這三個稱號的大酋長拉烏佩帕被推舉為國王。後來決定讓擁有「茨伊阿阿納」稱號的塔馬塞塞和另一個「茨伊阿特阿」稱號的持有者瑪塔法輪流擔任副國王。首先做了副國王的是塔馬塞塞。

剛好在同一時期，白人干涉內政的情況越演越烈。以前是地區會議以及實際掌權的茨拉法雷等大地主操縱著國王，如今卻被住在阿皮亞城的少數白人取而代之。英、

美、德三國最初在阿皮亞港各自設有領事❶，但最有權力的並不是這些領事，而是德國人經營下的南海拓殖商會。在島上的白人貿易商中，這個商會就如小人國裏的格利佛❷一樣。商會的總經理曾兼任過德國領事，他是一位年輕的人道主義者，因反對商會虐待土著工人而與本國領事發生衝突，最後逼得對方辭職。位於阿皮亞西郊姆黎努海角附近的廣闊土地則是德國商會的農場，那兒種著咖啡、可可和菠蘿等植物。數以千計的工人大多是從比薩摩亞開發更晚的群島或遙遠的非洲被當作奴隸販運過來的。

黑人和棕膚色人在白人的監管鞭策下，被強迫從事艱苦的勞動，每天都能聽到他們的叫苦聲。逃跑的人接連不斷，但大多數人都被抓了回來，甚至有的還被殺掉了。另外，有關阿皮亞島上的吃人習俗在很久之前就已被眾人遺忘，如今卻流傳著這樣一些奇怪的謠言，說是從外地來的

---

❶ 領事：一國根據協議派駐他國某城市或某地區的代表，任務是保護本國與其僑民的權益和處理僑民事務。一般有總領事、領事、副領事和領事代理人。

❷ 格利佛：英國作家斯威夫特（Jonathan Swift, 1667–1745）所著的《格列佛遊記》中的主人公。以格列佛的四次出海航行冒險的經歷為線索，一共由四部分組成。其中第一卷是利立浦特（小人國）遊記，敘述格列佛在小人國的遊歷見聞。

黑人會吃掉島民的孩子。因為薩摩亞人的皮膚是淺黑或棕色的，所以他們覺得非洲黑人是可怕的。

島民對商會的反感逐漸高漲。在土人眼裏，整頓得十分美麗的商會農場如同公園一樣，但卻不能自由出入，這對喜愛遊玩的他們來說是一種無理的侮辱。至於自己好不容易種出的那些菠蘿卻不能吃，而要裝載上船運送到別處，這種事情大部分土人覺得愚蠢至極且毫無意義。

晚上潛入農場糟蹋農田的行為漸漸普遍起來，這被認為是俠盜羅賓漢式的義舉，博得了島民廣泛喝彩。當然，商會一方也沒默不作聲。當抓住犯人後，他們不但立即將其關進商會私設的監獄，並反過來利用這件事與德國領事聯手逼迫拉烏佩帕國王，不僅索要賠償，甚至強迫國王簽署了一項稅法（這項稅法對白人尤其對德國人有利）。

國王和島民也漸漸不堪忍受這種壓迫，他們試圖依靠英國。但愚蠢至極的是，國王、副國王和各個大酋長商議決定提出一個「試圖把薩摩亞的支配權委託給英國」的宗旨，不料這個以狼代虎的決定洩露給了德國。被激怒的德國商會與德國領事立刻把拉烏佩帕國王驅逐出了姆黎努王宮，打算另立以前的副國王塔馬塞塞為新國王。另一種

說法認為，塔馬塞塞與德國人勾結並背叛了國王。總之，英、美兩國均出面反對德國的方針，使紛爭持續發酵。最後，德國（俾斯麥❶式的做法）向阿皮亞派遣了五艘軍艦，在其威嚇下強行發動了政變。塔馬塞塞加冕為新國王，拉烏佩帕則逃往南方山林深處。島民雖對新國王不滿，但各地的暴動在德國軍艦的炮火前不得不沉默下來。

　　為擺脫德兵的追捕，前國王拉烏佩帕從一片森林潛藏到另一片森林。某夜，一個親信酋長那裏來了位使者說：「如果明天上午殿下沒去德國軍營的話，那麼這個小島可能會發生更大的災難。」拉烏佩帕不是一個意志薄弱的男人，而且他並沒有失去對於此島的道義心，當即決定犧牲自己。當晚他潛入阿皮亞城，與前副國王候選人瑪塔法秘密會面，並託付了後事。瑪塔法已知道了德國人對拉烏佩帕的要求。據說拉烏佩帕將在短時間內乘德國軍艦被帶去某地，並且，德國艦長保證在艦上會盡量優待這位前國王，但是拉烏佩帕並不相信這些，他覺得自己再也不會踏

---

❶　俾斯麥（Bismarck, 1815–1898）：1862 年任普魯士首相兼外交大臣，極力推行「鐵血政策」，主張通過戰爭，由普魯士統一德國。他相繼發動了對丹麥、奧地利和法國的戰爭，逐步實現了德國統一。

上薩摩亞的土地了。他寫下一封給所有薩摩亞人的訣別信並交給瑪塔法。兩人揮淚告別後,拉烏佩帕便去了德國領事館。當天下午,他被帶上德國軍艦俾斯麥號後就不知所蹤了,最後只留下了那封傷感的訣別信。

「……我愛這些島嶼,愛著我們所有薩摩亞人,因此我決定把自己交給德國政府,這樣他們就可以隨心所欲地處置我了。我不希望因為我而使薩摩亞尊貴的鮮血再次流淌,但我究竟犯了什麼罪,使他們這些白人能如此憤怒地這般對我、對我的國土。直到現在我仍不明所以……」信的結尾,他傷感地呼喚著薩摩亞各個地方的名字,「馬諾諾,再見了!圖圖伊拉、阿阿納、薩法拉伊……」島民讀到此處全都哭了。

這是史蒂文森在此島定居的三年前發生的事了。

島民對新國王塔馬塞塞強烈反感,眾望都集中在瑪塔法身上。起義連續不斷,瑪塔法在不知不覺中以自然擁戴的形式成了叛軍頭領。擁立新國王的德國和與之對抗的英、美(他們對瑪塔法並無好感,但為對抗德國,所以總和新國王作對)之間的衝突逐漸激化。1888 年秋,瑪塔法公然舉兵,據守於山地的叢林地帶。德國軍艦沿岸來回

航行，炮轟叛軍部落。英美對此提出抗議，三國的關係相當危險，瑪塔法屢屢破敵，終於把國王從姆黎努趕走，並將他圍困在阿皮亞東的拉烏利伊一帶。為救援國王塔馬塞塞，登陸的德國軍艦陸戰隊在方格利峽谷被瑪塔法軍大敗，眾多德國兵戰死，島民興奮之餘，大吃一驚。因為迄今為止被視為半神的白人被他們的棕色英雄給擊敗了。塔馬塞塞在海上逃亡，德國支持下的政府已全面崩潰。

憤慨的德國領事決定利用軍艦對全島施加過激手段。英、美兩國，尤其是美國再次正面反對，各國紛紛派遣軍艦駛往阿皮亞港，局勢變得更加緊張。1889 年 3 月，在阿皮亞灣，兩艘美艦、一艘英艦和三艘德艦形成對峙。阿皮亞港後面的森林裏，瑪塔法率領的叛軍正虎視眈眈地窺伺良機。正當戰鬥一觸即發時，幸逢天公作美。空前的歷史性災難 —— 1889 年的大颱風席捲而來。難以想像的暴風雨下了一天一夜，前一晚停泊的六艘軍艦，雖然沒被損壞，但最終僅有一艘浮在水面上。敵我區域已消失，白人和土人成群結隊地忙於救援工作。潛伏於阿皮亞港後面森林裏的叛軍同夥也來到居住區和海岸上，負責收拾屍體和照顧傷員。如今德國人沒有再追捕他們，這次慘禍使相互對立

的態度得到了意外的緩和。

這一年，在遙遠的柏林簽署了有關薩摩亞的三國協定，最終使薩摩亞依然可以繼續擁戴國王，但只是名義上的，並由英、美、德三國人組成的政務委員會對其進行協助。協議還規定必須從歐洲派遣兩名最高官員。他們分別是：高於此委員會的政務長官和控制整個薩摩亞司法權的大法官（裁判所長）。並且，從今往後國王的選拔必須要徵得政務委員會同意。

同年（1889）年底，兩年前消失在德國軍艦上便杳無音信的前國王拉烏佩帕突然面色憔悴地回來了。從薩摩亞到澳大利亞，從澳大利亞到德國殖民地西南非洲 ❶，從南非到德國本土，又從德國到密克羅內西阿，輪流押送他回來。但他這次回來，將作為傀儡國王被再次擁立為王。

如果有必要選一個國王出來的話，不管依照次序，還是依照性格或聲望，自然應是瑪塔法當選，但他的劍上淌著方格利峽谷德國水兵的鮮血，所以德國人全都堅決反

---

❶ 西南非：納米比亞共和國。它於 1915 年至 1990 年之間被稱為西南非，曾為德意志帝國殖民地。

對。而瑪塔法自己也並不著急，他樂觀地認為總會輪到自己，另外也包含對兩年前揮淚告別、如今憔悴歸來的老前輩的同情。拉烏佩帕最初打算把王位禪讓給頭號實力派人物瑪塔法的，但因為他原本意志薄弱，在長達兩年的流放中又充滿了無休止的不安與恐懼，所以如今已徹底失去了霸氣。

然而，把兩人的友情強行曲解的是白人的策動和島民熱烈的黨派心。政務委員會不由分說硬是將拉烏佩帕扶上王位後不到一個月，（使交情很好的兩人非常吃驚的是）就傳出了國王和瑪塔法不和的傳聞。兩人之間有了隔閡，並且，經過一段奇妙的令人心酸的歷程後，兩人的關係果真變得彆扭起來了。

史蒂文森剛到這個島上就看不慣這兒的白人對待土人的方式。對薩摩亞來說不幸的是，從政務長官到遊島的商人——這些白人全都為賺錢而來。在這一點上，英、美、德沒有區別。除了極少數的幾個牧師外，他們沒有一個人是因為熱愛這個島、熱愛島上的人們而留下的。史蒂文森剛開始感到驚愕，然後就憤怒起來。從殖民地常識來看，為這種事而震驚的人確實讓人心生詫異，但史蒂文森鄭重

地向遙遠的倫敦《泰晤士報》寄稿，訴說白人的橫暴、傲慢、無恥，以及土人的悲慘等島上的這些狀態。然而這封公開信最終備受嘲笑，被諷刺為「著名小說家令人吃驚的政治上的無知」。當一向蔑視「唐寧街那些俗人」的史蒂文森聽說大宰相格萊斯頓為尋找初版《寶島》遍訪舊書店時，事實上，他不但沒有被激發起虛榮心，反而感到了一種愚蠢至極的不快。雖然不熟悉政治現實，這本是事實，但「殖民政策也請先從熱愛當地人做起」，他無論如何也不明白這種想法有什麼錯。他對這個島上白人的生活和政策的指責，逐漸在阿皮亞港的白人（包括英國人）和他自己之間產生了隔閡。

史蒂文森非常留戀故鄉蘇格蘭高地人❶的氏族制度。薩摩亞的族長制度與之有著相近之處，史蒂文森第一次見到瑪塔法時，只見他身軀魁梧、相貌威嚴，看得出他具備真正族長的魅力。

瑪塔法住在阿皮亞以西七英里的馬里艾。雖然他不是

---

❶　蘇格蘭高地人：蘇格蘭在地理上分為低地和高地，低地以南部綠色的丘陵為主，而北部高地則多為粗獷起伏的山脈。蘇格蘭高地人是指生活在高地的蘇格蘭人，他們也是生活在歐洲的最古老的居民。

形式上的國王，但是與公認的國王拉烏佩帕相比，他擁有更多的聲望、部下和王者氣概。他對白人委員會所擁立的現政府從沒持過反抗態度，連白人官吏自己都漏稅時，只有他還在嚴格納稅。如果部下犯罪了，他總是順從地接受裁判所長的傳喚。儘管如此，不知從何時起，他被視為現政府的一大勁敵，政府害怕他、忌憚他、厭惡他。甚至有人向政府檢舉說他私下搜集彈藥等不實信息。事實上，島民要求改選國王的呼聲威脅到了政府，但瑪塔法自己一次也沒有提出過類似要求。他是虔誠的基督教徒，單身，年近六十。二十年來，發誓「像主活在這世間一樣」生活（說的是有關婦人之事），言出必行。每天晚上，把來自島上各個地方的講解者聚集在一起，在燈下團團圍坐，他唯一的樂趣是聽他們講述古老的傳說和歌謠。

六

1891 年 9 月 × 日

最近島上流傳著一些奇怪的傳聞。比如：「瓦伊辛格諾的河水被染紅了。」「在阿皮亞灣捕獲的怪魚肚子裏寫有不

吉利的文字。」「無頭蜥蜴在酋長會議的牆上爬著。」「每天夜裏，阿婆利瑪水道上空的雲彩裏傳出可怕的叫聲，那是烏渡盧島的眾神和薩瓦伊島的眾神在作戰。」……土人全都認真地將這些看成是戰爭即將來臨的前兆。他們期待著瑪塔法什麼時候會站起來推翻拉烏佩帕和白人的政府。這也不是沒有可能，如今的政府實在太糟糕了，全是一邊貪圖著（至少在波利尼西亞是）巨額薪金，一邊無所事事——真的是什麼都不做、只知遊手好閒的官僚。裁判所長切達爾克蘭茨並不令人討厭，但官僚卻腐敗無能。至於政務長官馮匹爾扎哈，他幾乎在每件事上都傷害了島民的感情。只知道徵稅，從沒修過一條路。上任後，一次也沒授予土人官職。無論對阿皮亞城，對國王，還是對這個島，他都一毛不拔。他們忘記了自己身在薩摩亞，也忘記了薩摩亞人這個人種，這個人種同樣有著眼睛、耳朵和些許智慧。政務長官所做的唯一一件事，就是批准了為自己修建富麗堂皇的官邸的提案，並已施工。其官邸的正對面就是拉馬佩帕國王的王宮，那是個即使在島上也屬中流偏下的、簡陋寒酸的房子（茅棚？）。

我們來看一下上個月政府人事費細目吧！

裁判所長的薪金 ……………………………… 500 美元

政務長官的薪金 ……………………………… 415 美元

警察署長（瑞典人）的薪金 ……………… 140 美元

裁判所長秘書的薪金 ……………………… 100 美元

薩摩亞國王拉烏佩帕的薪金 ……………… 95 美元

窺一斑而知全豹，這就是新政府管理下的薩摩亞。

雖然 R. L. S. 先生是對殖民政策一無所知的文人，但卻多管閒事，就像堂吉訶德❶一樣給予土人廉價的同情。這是阿皮亞的一個英國人說的。首先，我很感謝將自己與那位奇特義士的博愛相提並論，這是無上的光榮。事實上我對政治一無所知，並把這種無知當作榮耀。在殖民地或半殖民地，我不知道什麼是常識。即便知道，也因為我是一個作家，只要心裏不接受，那種常識就不能當作自己行為的標準。

只有真正直接銘記於心的東西才能讓我或藝術家採取

---

❶ 堂吉訶德：西班牙作家塞萬提斯（Miguel de Cervantes Saavedra, 1547–1616）《堂吉訶德》的主人公。他一方面脫離現實，愛幻想，企圖仿效遊俠騎士的生活；另一方面又心地善良，立志鏟除人間邪惡，是一個可笑、可嘆、可悲、可敬的人物。

行動，但對如今的我來說，「直接有感覺的東西」是什麼呢？「我已經不再是用一個遊客好奇的眼光，而是用一個居民的依戀，開始愛著這個島和島上的人民。」

總之，我必須想方設法阻止眼下這場危機四伏的內亂，以及足以誘發內亂的白人的壓迫。但是，在這些事上我是多麼無能為力！我甚至連選舉權都沒有，我嘗試著和阿皮亞的傭人談話，但他們看起來對我並不真誠。之所以耐心地聽我說話，實際上只不過是衝著我的作家名聲。我離開後，他們肯定都伸舌嗤笑罷了。

眼見這些愚蠢、不公和貪婪日益嚴重，而我卻無能為力。無力感吞噬著我。

9月××日

在馬諾諾那邊又發生了新事件，看來這個島淨惹事端。雖然只是個小島，但整個薩摩亞紛爭的百分之七十都是從這裏產生的。在馬諾諾，瑪塔法一派的年輕人放火燒了拉烏佩帕一派島民的家，島上立刻混亂一片。裁判所長此時正利用公費在斐濟旅行，政務長官馮匹爾扎哈親自趕到馬諾諾，獨自上岸（看來此人只有勇氣令人佩服）勸說

暴徒，並命令犯人主動去阿皮亞自首。犯人一言九鼎，來到了阿皮亞。他們受到監禁六個月的宣判並被立刻送往監獄。其他剽悍的馬諾諾人在犯人穿過大街被送往監獄的途中大聲喊道：「我們一定會救你們出來的！」犯人走在三十名荷槍實彈的士兵中間回應道：「不用那樣！沒關係。」按說事情到這裏就已經結束了，但人們堅信近幾天裏一定會有人來劫獄，所以監獄方面加強了警戒。守衛長是個年輕的瑞典人，他不想日夜擔心，竟想到一個極其粗魯的辦法。說是把炸藥裝到牢房地下，如果受到襲擊，就把暴徒和犯人一起炸掉。他對政務長官如此建議並得到了同意。然後，他去向停泊在港口的美國軍艦借炸藥，但遭到拒絕，最後從打撈失事沉船的工程隊（美國把前些年因颶風沉沒在海灣裏的兩艘軍艦贈予薩摩亞政府，工程隊便是為這項打撈作業而來到薩摩亞）那裏把炸藥搞到了手。這件事被一些人洩露了出去，所以最近兩三周流言四起。眼看似乎喧囂一時，政府很害怕，最近突然把犯人押上大型遊艇，轉移到特克拉烏斯島去了。炸死老老實實服刑的人這自然荒謬絕倫，而把監禁擅自改成流放也真夠荒謬。這種卑劣、怯弱和無恥，就是面對野蠻的文明的典型姿態。如

果讓土人以為白人都贊成這麼做，那可就糟糕了。

我把關於這件事的質詢書立刻寄給了政務長官，但至今都沒有回信。

10 月 × × 日

長官的回信終於來了。但都是孩子般的傲慢和狡猾的遁詞，不得要領。我又寄去一封質詢書。其實我最討厭這樣的糾紛，卻無法沉默地看著土人被炸藥炸飛。

島民依舊沉默無言，我不知道這種狀態會持續多久。白人似乎越來越不受歡迎。連我們溫和的亨利·西梅萊今天也說：「海邊（阿皮亞）的白人真討厭，愛擺架子。」聽說有一個趾高氣揚的白人醉漢對亨利揮舞著山刀 ❶ 恐嚇道：「拿頭來！」這是文明人該幹的事嗎？薩摩亞人都很殷勤（即使常常不夠文雅）、溫和（盜竊除外），他們有自己的名譽觀，至少比炸藥長官要更文明些。

在斯克里布納雜誌連載的《觸礁船打撈工人》第二十三章已完稿。

---

❶ 山刀：砍刀，厚刃刀。指在山上幹活的人用的劈柴刀形狀的利刃器具。

11 月 × × 日

我每日東奔西走，完全淪為政治人物。這是喜劇嗎？密會、秘信、暗夜急行。夜裏穿過這個島的森林時，銀白色的磷光星星點點灑滿地面，十分美麗。聽說它是一種菌類所發的光。

有一個人拒絕在給政務長官的質詢書上簽字，我去他家成功說服了他。我的神經竟也變得如此遲鈍，我要努力了！

我昨天拜訪了拉烏佩帕國王。那是一座低矮、淒涼的房子。即使在鄉下的寒村，像這樣的房子也僅有幾個。恰好對面高高聳立的就是即將竣工的政務長官官邸。國王每天都不得不仰望這座建築物。由於他對白人官吏的顧慮，似乎不太想和我們見面。雖然交談甚少，但這位老人的薩摩亞語發音，特別是重元音的發音非常優美。

11 月 × × 日

《觸礁船打撈工人》終於完稿，《薩摩亞史腳注》也正在進行。因為每個出場人物都是自己熟悉的人，書寫現代史的困難就與日俱增。

前些天我訪問拉烏佩帕國王果然引起了很大騷動。政府貼出了新公告，任何人沒有領事許可或沒有被認可的翻譯人員在場，都不得會見國王。他是神聖的傀儡。

　　政務長官提出會談的要求，大概是試圖籠絡，但我都拒絕了。

　　於是，我似乎公然變成德意志帝國的敵人，以往來家裏玩的德國士官捎來口信，說是由於出海不能來拜訪了。

　　有趣的是，在城裏的白人中，政府也不受歡迎。它盲目傷害島民的感情，結果只會置白人的生命財產於危險之中。白人不納稅的程度高於土人。

　　由於流感猖獗，城裏的舞場也都關門了。聽說在瓦伊萊萊農場一次就死了七十個勞工。

12月××日

　　前天上午，收到一千五百顆可可種子。到了下午，七百顆種子也送到了。從前天中午到昨天晚上，我們全家一起忙著播種。大家都成了泥人，陽台如同愛爾蘭的泥煤田。可可的種子先要種到用可可樹葉編成的筐子裏。於是十個土人在後森林的小屋裏編筐子，四個少年掘土裝箱後

運到陽台，我和洛伊德、貝爾（伊莎貝爾）把石子和黏土塊篩選後，把土裝進筐子，少年奧斯汀和女傭法阿烏瑪把筐子搬到芳妮那兒，芳妮在每個筐子裏埋進一顆種子並把它們擺在陽台上。我們每個人都累得身體發軟。今天早上仍然很累，但郵船時日已近，我便急忙寫完《薩摩亞史腳注》第五章。這不是藝術品，而是應該盡快完成、盡快被閱讀的東西，不然就失去了意義。

也有政務長官要辭職的消息，但卻未必可靠。這大概是與領事之間的衝突衍生的吧！

1892 年 1 月 × 日

下雨了，暴風似乎要來了。關上窗戶，點上煤油燈。感冒怎麼也不見好，風濕又來了。我想起一位老人的話：「在一切主義中最壞的就是風濕主義。」

休息期間，我開始書寫從曾祖父時候開始的史蒂文森家的歷史，感到非常開心。我想起曾祖父、祖父和他的三個兒子（包括我的父親）相繼默默在濃霧的北愛爾蘭海堅持修建燈塔的高貴身影時，如今也充滿了自豪。題目命名為什麼呢？《史蒂文森家的家人們》、《蘇格蘭人的家》、

《工程師一家》、《北方燈塔》、《家族史》、《燈塔技師之家》?

　　祖父應該與無法想像的困難決鬥過，因為至今仍保留著在貝爾羅克暗礁海角修建起一座燈塔時的詳細記錄。在讀它時，我總覺得自己（或是還未出生的我）真的經歷過當時的場景。我並不是平時想像的自己，八十五年前，我曾一邊忍受著北海的風浪和海霧，一邊和那個只有在退潮時才能看見的魔鬼海角搏鬥過。狂風怒吼、海水刺骨、舢板搖擺、海鳥低飛，這些我都能真真切切地感覺到。突然胸口灼熱。蘇格蘭的山脈，石楠樹的綠蔭、湖水。早晚聽慣的愛丁堡城的喇叭聲。彭特蘭的山崗、巴拉黑特、卡庫沃爾、拉斯海角，嗚呼！

　　我現在身處位於南緯十三度，西經一百七十一度。蘇格蘭正好就在地球的相反面。

悟淨出世

流秋方始，敗柳枝上寒蟬殘鳴，烈陽西下，唐三藏帶著略微不安的心情，跟隨兩位徒弟，一路披荊斬棘，闖過重重險阻，匆匆忙忙趕路西去。忽然面前一條大河攔住去路，河水湍急洶湧，河面寬不可測。站在河岸查看究竟，只見旁邊一座石碑。上面用篆書刻著「流沙河」三個大字，旁邊四行小楷字：八百流沙界，三千弱水深。鵝毛漂不起，蘆花定沉底。

—— 西遊記

一

　　話說流沙河底沉藏妖魔鬼怪一萬三千有餘，其中唯他最不心慈手軟。迄今他已吃食了九位僧人，因此遭到懲罰，那九人的頭骨至今還纏附在他的脖頸之上，但從未有人見過此物。當遭質疑：「根本不曾見過，怕是胡說吧？」他便以難以置信的眼神回望身邊的妖怪同道，那透著無限悲傷的表情彷彿在問：為何獨是自己不被大家認同？其他同道卻說，「還說什麼吃過和尚，怕是連人都不曾吃過吧。只見過他在河邊捕食鯽魚小蝦之類」。這些妖怪還給他起了

個「獨言悟淨」的綽號。他時常感到不安，烙印在身上的深深悔恨，讓他不斷責備自己，一次次重複的自責變成了不經意間的自言自語。遠遠望去，像是輕鬆地從嘴裏吐出一個個小水泡一般，實則是他又在輕聲自語：「我真是愚蠢啊！」「為何我會淪落至此？」「我，無藥可救……」有時他甚至自稱為「墮落的天使」。

那時，不僅是這些妖怪，所有人都深信，這世上一切生物皆由輪迴轉世而來。在這流沙河底，沒有人懷疑悟淨曾是天界靈霄殿上的捲簾大將。因此，就連對轉世輪迴頗感質疑的他，也不得不假裝與眾妖怪一同深信一切皆是輪迴。誠然在所有妖怪當中，唯他一人暗自對這輪迴轉世心存質疑。姑且相信，如今的自己正是五百年前天界捲簾大將轉世。那麼何以證明，曾經的捲簾大將與眼前的自己同是一人？其一，自己不曾記得天界的任何事情；其二，那個曾經的捲簾大將，與如今的自己哪裏相同？是血肉之軀，還是靈魂？話說回來，究竟何為靈魂？只要他提出諸如此類的問題，其他妖怪便會取笑：「快看，悟淨又開始魔怔了！」其中有的是在嘲弄他，有的則是假裝憐憫地問道：「是病了吧？一定是得了什麼不好的怪病！」

事實上，悟淨確實是病了！

　連他自己也不知是從何時起，更不知是何緣由患上此病。只是，當他察覺到的時候，這令人生厭的「怪病」便籠罩在他的周圍。無論做什麼都會令他厭煩，聽到的、看到的都讓他沉悶不已。他始終無法相信自己，又對自己百般厭惡。一連多日，他悶在洞穴裏不去獵食，只是瞪著兩隻微微發光的眼睛，再次陷入沉思。不經意地起身，在周邊踱步，像是在自言自語地說著什麼，又突然坐下。這一個個動作，他竟毫無意識。哪怕能想明白一兩個疑問，也能消除些許不安，可他總是一無所獲。曾經認為理所當然的一切，如今都變成解不開的謎團。認為是整理妥當的一整件事，須通過逐個分解的部分才能被接收，可就在對各個部分的反思中，卻使得整件事又變得混沌不清。

　流沙河裏有位懂醫術的老魚怪，他還懂得占星術，也是位祈禱師。一日他見到如此瘋癲的悟淨感慨道：「哎呀！好可憐啊！這是染上了因果的病啊！但凡得了這病的，一百人中有九十九人一生都會悲慘不已。原本我們妖怪是不會得這病的，但自打我們開始吃人，我們當中就偶爾有人會得這病。只要患上了這個病啊，就沒辦法老老實實地

接受任何事情了。無論看見什麼、遇上什麼，都會立刻去想『為何如此』，想要弄明白唯有修成正果的神仙才知道的『為何如此』。思考這些的妖怪，是沒法子活下去的。不去想什麼『為何如此』才是我們世間所有人要遵守的規矩啊。最難辦的就是，凡染上這怪病的傢伙，都會對自己產生懷疑。為何『我』會把『我』看成『我』，為何不能把其他的人當成『我』。『我』究竟是什麼？開始思考這些，便是這個病最壞的徵兆。怎麼樣我說的沒錯吧？只可惜，這病無藥可救、無人能醫。只可自癒，若不是遇到極好的機緣，這病怕是沒有痊癒的可能了。」

二

文字很早已從人類世界傳來這裏，妖怪雖知道文字，但在他們之間對文字總有種輕蔑鄙視的習慣。像文字那樣死板的東西根本無法表現活生生的智慧（若是圖畫尚可勉強描繪）。妖怪認為寫字就好比想要用手去握住煙，卻不讓其變形。這想法簡直愚蠢至極。因此，試圖了解文字成為生命力衰退的象徵，為大家所排斥。妖怪紛紛認為，悟淨

平日的憂鬱正是源自他懂得文字。

　　文字雖沒被重視，但他們並不輕視思想。在這一萬三千妖怪當中，也有不少哲學家。但因他們詞彙貧乏，多麼複雜的問題他們也只能用幼稚的語言來描述。他們在流沙河底開設了各自有關思考的店舖，彷彿這河底也騰起了一層哲學的憂鬱。一位賢明的老魚，買了座漂亮的庭院，在明亮的窗子下面，沉思何為永恆無悔的幸福。另一位高貴的魚族，在有著美麗條紋的鮮綠色海藻葉下，一邊彈奏豎琴一邊頌揚宇宙的和諧之音。醜陋、遲鈍、愚頑，儘管如此，也從未想過要掩飾自己那愚笨的苦惱，這就是悟淨，他身處這些智慧的妖怪當中，成為大家嘲弄的對象。一個看似聰穎的妖怪一本正經地對悟淨說：「所謂真理究竟是什麼呢？」還沒等悟淨回答，他便嘴角上揚，面帶嘲笑地大步走開了。另一位妖怪，是個河豚妖精，聽說悟淨的病情，特意前來拜訪。他認為悟淨的病因是出於對死亡的恐懼，為此特地前來取笑，並對悟淨道出自己的論點：「生時無死，死時無我。至此，何畏？」悟淨順從地認可這一論點的準確性。那是因為，他自己從未懼怕過死亡，也知道自己的病因並非如此。本想來取笑悟淨的河豚精只得掃

興而歸。

在妖怪的世界，身體與心靈的分別，並不像人類世界那般清晰。心靈的疾病很快會轉化為肉體的痛苦，這痛苦正折磨著可憐的悟淨。難以忍受的他，斷下決心，「既然如此，無論粉身碎骨、無論遭受怎樣的嘲弄，誓要訪遍這流沙河的每一位賢人志士、每一位仁心醫者、每一位占卜師，一定要認真向他們學習，求得教誨，直到自己弄明白為止」。說著，他穿上件簡陋的僧服，踏上了尋理之路。

為何妖怪就是妖怪，而不是人類。那是因為，他們將自己屬性中某一特質發揮到極致，拒絕均衡，唯醜至極，非人性至極，他們就是這樣一群殘缺者。有的妖怪極度貪吃，故而口腹奇大；有的妖怪極度淫蕩，故而陽具突兀；有的妖怪極度潔淨，為此除頭部外其他部位均已退化。他們都有自己的特性，有著自己執拗的世界觀，就算是與他人爭辯之後，也不會得出更具價值的認識。因為要理解他人的思緒，勢必要將自己的特徵表現得淋漓盡致。因此，流沙河底，成百上千的世界觀、形而上學，他們之間斷不會相互融合。有的妖怪平衡絕望，充滿歡喜，有的妖怪徹底的明快，有的妖怪雖有願望卻發出沒有希望的嘆氣，像

無數海草一般在這河水中搖曳。

三

　　悟淨最初到訪的是位叫做黑卵道人的妖怪，這位號稱時下最為著名的幻術大家，住在河岸靠近水面處，用層層岩石堆砌的洞穴，入口頂端掛著斜月三星洞的牌匾。傳說洞主魚面人身，不僅精通幻術，且存亡自在，甚至可以冬起春雷、夏降冰霜，令鳥兒跑，使野獸飛。悟淨侍奉這位方士三月有餘，幻術之類對他來說並不重要，單從技藝來說，這位大家可謂是真仙人。悟淨篤信若是真仙人，定會知道這世間的大道理，亦有能夠醫治自己惡疾的智慧，但結果令他無奈失望。無論是洞穴深處，盤坐在巨龜背上的黑卵道人，還是他身邊簇擁著的數十位弟子，這些人只要一開口，竟是些法術如何神奇不可思議云云，抑或是如何用法術欺詐對手，如何方便將某處寶物納入錦囊等「實用」話題。無人正視悟淨苦苦追尋的「無用」思索。到頭來悟淨還是淪為這幫妖怪的笑柄，終被趕出了三星洞。

　　接著，悟淨找到了沙虹隱士，這是位年長的蝦精。

這位已腰彎如弓的隱士，蜷居在河底岸中層的細沙之中。悟淨一如既往侍奉這位老隱士三月有餘，細心照料其日常生活，方得以接觸深奧的哲學。一日年長的蝦精一面命令悟淨為其按揉腰部，一面一臉嚴肅地說道：「世上一切皆空無！這世上根本不曾有什麼善事，若認定是有，那也莫過於世上的末日遲早會來這檔事情了。因此沒必要考慮特別難懂的道理，只要看好我們的身邊事物即可。變幻、不安、懊惱、恐怖、幻滅、爭鬥、倦怠不斷輪迴，渾渾噩噩、紛紛擾擾不知歸處。我們僅能立足當下這一瞬間，且這腳下的當下也會在瞬間成為過去。下一個當下、再下一個當下亦如此。好比站在沙礫斜面上的旅人雙足一般，每踏出一步，足下的沙坡便坍塌一角。我們究竟該安住於何處呢，若要停下腳步定會跌倒不前，無奈只得不住向前，這便是我們的生活。何為幸福，那只不過是空想的概念，絕不會在現實中出現。短暫無常的希望，只不過是空得虛名罷了。」

　　說著他看到悟淨那一臉的不安，趕忙安慰道：「年輕人，沒什麼可怕的，被海浪捲走的人必定溺亡，乘著風浪的人定能渡過難關。只有越過這些變化無常，興許才能到

達不壞不變的境界吧。自古確有仙人，可以超越善惡是非，可以忘卻他我，到達遠離生死的境地。可如果將這樣的境地視為樂土，那便是大錯特錯了。與沒有痛苦相對，也會失去普通生物應有的快樂。無味無色，形如白蠟、味如泥沙。」

悟淨謹慎地插問道，自己並非是要探求個人的幸福或不動心的確立，而是想知道自己及這世界究竟的含義。這位蝦隱士，眨了眨滿目眼屎的眼睛回答道：「何為自己，何為世界，你認為有自己之外的客觀世界嗎？所謂世界，只不過是自我在時間與空間之間投射出的幻象罷了。如若自我沒了，這世界也就消亡了。認為自我死了這個世界還會存在，簡直就是俗不可耐、荒謬至極。即便這世界消失了，那個無形且不可思議的自我還是會依然存在的。」

就在悟淨侍奉蝦精整整九十日的當早，數日的劇烈腹痛以及瘧疾讓這位老隱者搭上了性命。就在他彌留之際還欣喜地認為，這個讓他腹瀉、疼痛、惡臭難忍的客觀世界，會伴隨著他的死消失殆盡。

悟淨細心地為老隱士料理完後事，眼含淚水，開始新的旅程。

傳言有位坐忘先生，能夠坐禪入夢，每五十日才醒來一次。先生深信睡夢中的世界便是現實，偶爾醒來卻將現世當作夢境。悟淨不遠千里前來尋訪，果然先生仍在夢中。先生的住所位於流沙河河底最深處，陽光幾乎照射不到。這裏暗到快要看不清東西，順勢向屋內走去，眼前一個昏暗的枱子上，隱約可以看到一位僧人模樣，結跏趺坐沉睡其中的先生。這裏聽不到外界任何聲音，甚至連魚兒都很少游經，悟淨無奈，只得在坐忘先生對面坐下，閉上雙目，此刻他也有了入夢的感覺。

　　就在悟淨到訪的第四日，先生睜開了眼睛。面前的悟淨趕忙起身向先生行禮。先生似看非看地眨了眨眼睛。不久，對視而坐的悟淨誠惶誠恐地開口問道：「先生，請恕弟子冒昧，不知可否容我一問，這世上究竟何為『我』也？」話音剛落，便傳來先生如秦時轆讚 ❶ 般的「嗯」聲，伴著這聲音，悟淨遭當頭棒喝，這一棒打得他踉蹌跌倒，後又趕忙坐好。不久，他再次小心翼翼地重複了剛才的問題。這次沒了方才的棒喝。只見坐忘先生張了張他那厚厚的嘴唇，面容

---

❶　轆讚：一種用大車拉著轉，使之鑽物的大錐。

和身體紋絲不動，像在睡夢中一般答道：「長久得不到吃食，飢餓的感覺；冬日寒風刺骨的感覺。難道這不是『你』？」至此先生又閉上了厚厚的嘴唇，稍稍望了望悟淨，繼而閉目沉睡。就這樣悟淨又耐心地等了五十日，坐忘先生再次睜開眼，看見悟淨仍坐在面前，問道：「你怎麼還在這裏？」悟淨答曰：「我已等您五十日了。」「五十日？」先生如在夢中一般，睡眼惺忪地望著悟淨，一時四目相對竟沉默起來。許久，那厚重的嘴巴，終於再次開口，「衡量時間的尺度，除本人外不可能再有他人能感覺得到，意識不到這一點的人甚是愚笨。人類製造了衡量時間的機器，殊不知日後定會招引重大誤解。大椿之壽，朝菌之夭，難道長短沒有變化嗎？時間只不過是你我頭腦裏的一個設置罷了」。說罷就又閉上了雙目，悟淨知道唯有五十日之後先生才會醒來，於是對著熟睡的先生再次恭敬地行禮之後便悄然離去。

「恐懼嗎？嚇得發抖，故而信奉神靈吧！」一位年輕人，站在流沙河最繁華的十字路口如是喊道，「看看我們短暫的一生，何不將自己沉浸在未來與過往的無限永久之間；看看我們狹窄的居所，何不將自己投入到己不知，亦不知己的無限廣袤空間中去。誰人不曾懼怕自己的渺小。

我們都是被鐵鎖禁錮的死囚，每隔不久，就會有同類在我們面前死去。沒有任何希望，我們只能依序等待死亡。時不可待，這短暫的等待時光，我們難道要自我欺瞞，酩酊度過嗎？被詛咒的懦夫，難道你要依賴悲慘的理性自大苟且嗎？傲慢得不知進退，小小一個噴嚏甚至都能擊退你那本有的貧瘠理性與意志。」膚色白晰的青年，臉頰微紅，聲嘶力竭地斥責道。難以想像，在他那女性般高貴的優雅風姿裏，竟隱藏著如此激烈的喊聲。悟淨一面為之驚嘆，一面出神地望著他那閃耀著光芒的美豔雙眸。青年那火一般的話語，如同利劍刺中悟淨的靈魂。

「我們能做的只不過是愛敬神靈、憎惡自己而已，其中一些把自己當成神靈、自大不已，甚至將全體的意志當成自己的意志，說什麼自己僅是因為全體才存在，與神靈相合的僅一個靈魂而已。」

悟淨認為，這是無比高尚的靈魂才會發出的感嘆。儘管如此，可自己如今乞求的並非這神聖的話語。這訓教如同良藥，可再好的良藥，若不對症又有何用呢？

在十字路口不遠處，悟淨看到一位醜陋的乞丐。這乞丐是個羅鍋，在他高高拱起的背上，因脊椎嚴重變形，五

臟六腑都被那背上的大包高高頂起。他頭頂衝下，窩得比肩膀還低，下巴直對肚臍。從肩頭到背部還起了一片紅腫潰爛的癤子。見此情景，悟淨不禁停下腳步，嘆了口氣。

乞丐蹲坐在地上，聽到嘆氣聲，竟轉過身來。連腦袋都無法自由活動的他，卻瞪著一雙赤濁的眼睛，齜著僅有的一顆門牙，得意到衝著悟淨抿嘴一笑。繼而，搖晃著向上吊起的雙臂，蹣跚著來到悟淨身邊。「年輕人，你這樣很是放肆，怎麼？覺得我可憐嗎？哈哈！在我看來，你才甚是可憐。你覺得我這般模樣是造物弄人？你為何會如此認為？我倒覺得是上天眷顧，才會讓我擁有如此稀有的樣貌。以後還會把我造成何樣，想想都覺得甚是期待。若將我左肘變成一隻公雞，我便用它為我報時；若將我右臂變成彈弓，我便用它打鳥烤肉來食；若將我臀部變成車輪，靈魂變成一匹馬，那將成為無人能敵的戰車，豈不成了珍寶！如何？嚇到你了？在下名子輿，與子祀、子犁、子來三人是莫逆之交。我們均為女偊氏的弟子。萬物若能超越其形，進入不生不死的境界，那麼便能水不可沒、火不可燒，寢而無夢、覺而無憂。前陣子我同三位好友一起說笑，在下竟提出：把無當作頭，把生當作脊柱，把死當作尻尾，哈

哈哈，甚是有趣啊！」

　　悟淨被這乞丐的獰笑驚醒，忽然覺得興許他就是什麼神仙。若一切真如乞丐所言，那可是不得了。但從他言語、態度中流露出的誇張，又不免讓人覺得這一切又都像是強忍痛苦下講出的豪言壯語。加之，這男乞丐醜陋的面容及身上膿包散發出的惡臭，都讓悟淨打從心底升起厭惡。雖說他所言極是，但悟淨還是無法接受侍奉這樣一個乞丐。只是對於方才談話中提到的那位叫女媧氏的高人，悟淨提出想向他求教。聽到悟淨有這樣的請求，那乞丐傲慢地瞪著眼睛說道：「啊，是說我師父嗎？距此向北兩千八百里，在流沙河與赤水、墨水交匯之處有庵舍一間，師父就住在那裏。若你道心堅定，定會得到他的垂訓。那裏適合努力修行，你若前往，也請代我向師父問好。」說著他竭盡全力地聳了聳那變形的肩膀。

四

　　以流沙河與墨水、赤水交匯處為目的地，悟淨開始了北上的旅途。夜宿蘆葦蕩邊，晨起便信步向著未知的水底

砂原北部前行。看著魚兒在水中自由自在，舞動銀鱗歡游的模樣，悟淨卻不住惆悵，「緣何唯我一人如此不快啊！」他終日不停地前行，沿途但凡遇到出色的仙人、修行者，他定會叩門拜訪。

　　途中聽說有位食量驚人、力大無比的仙人，悟淨趕忙前去拜訪。這是只看上去強壯無比，全身通黑的鮎魚怪。見到悟淨，鮎魚怪捋著長長的腮鬚說教道：「若只考慮遠憂，必會有近慮。達人從不通觀世界，正如眼前這隻小魚」，說著這隻鮎魚怪捉住游經面前的一條鯉魚，狼吞虎咽地放進嘴裏，接著說道：「這條小魚，就是這條小魚，牠緣何要從我的眼前游過，而後成為我腹中吃食。反覆思索這其中的因果，根本不是神仙該有的舉止。在捕捉這條鯉魚之前費力思索這些無用之事，獵物早就逃走了。首先，應當快速地捕捉鯉魚，等捉住了再去思考也不遲。整日思索鯉魚緣何是鯉魚，牠與鯽魚有何不同，你正是受了這些形而上學、無比荒謬的高尚問題之牽絆，所以才捕不到魚的。你那懶惰的眼神，早已暴露了一切。」悟淨垂著頭，覺得鮎魚怪所言極是。然而此時，這隻鮎魚怪早已吃光了方才的鯉魚，瞪著貪婪的眼睛，注視著眼前低頭思索的悟

淨。突然牠眼睛放光，喉嚨發出咕嚕嚕咽口水的聲響。猛然抬頭的悟淨，這才意識到自己的險境，趕忙抽身躲避。鮎魚怪鋒利如刃的爪牙，以驚人的速度擦過悟淨的咽喉。偷襲失敗令這隻鮎魚怪大怒不已，牠張開血盆大口撲向悟淨。悟淨則是拚盡全力地掙扎，藉著騰起的泥煙倉皇逃出了洞穴。從那兇猛的妖怪身上，悟淨學到了殘酷的現實精神，他一面驚魂未定地顫抖，一面再次陷入沉思。

又一日悟淨慕名尋訪一位名叫無腸公子的高人，這位高人以博愛的演說家著稱。排了許久的隊，方才聽到他的教誨。誰知就在他向與會者說教的當口，這位聖僧忽覺飢餓難耐，竟抓起自己的孩子大口大口地吃了起來（無腸公子原本是個螃蟹精，每次產卵無數，這些孩子即是那卵孵化而來），看到這一幕，悟淨大吃一驚。

為人們說教慈悲忍辱的聖人，如今，卻在眾人環視之下捕食自己的孩子，並且，吃完之後就好像方才什麼都沒有發生一樣，再次開始了慈悲的演說。並非他忘記了方才的一切，而是那填飽肚子的行為，根本沒有為他意識到吧。悟淨甚至開始覺得，這興許才是他應當學習的地方。自己在生活當中，也應有像無腸公子這樣忘我的瞬間吧。

悟淨認為自己得到了寶貴的教誨，於是跪拜了無腸公子。他再次開始思考：「自己的弱點在於，理解某一事物時，若不逐一解釋概念，就無法釋懷，這正是自己性格上的缺陷。所謂教誨，並不僅是孤立的說教，應當聯繫自身，對！就是這樣！」想到這兒，悟淨再次拜謝無腸公子，恭恭敬敬地離開了。

蒲衣子的庵房有些與眾不同。僅有四五位弟子，弟子紛紛模仿師父的步調，探究自然密鑰。比起探求者，稱他們為陶醉者也許更為恰當。他們的修行就是觀察自然，而後認真感受自然的調和之美。其中一名弟子說道：「最重要的是感覺，將感覺培養得美麗而敏銳。脫離自然美直接感受的思考，才是灰色的夢想。請深藏自己的內心，觀察自然。雲朵、天空、清風、飄雪、淡藍色的冰；紅色海藻的搖曳、細小而閃耀的矽藻光芒、鸚鵡貝的螺旋、紫水晶的結晶、石榴石的紅豔、螢火石的碧綠。它們如此美麗，看上去都好像在訴說著自然的秘密。」他的話簡直就是詩人的詩句。「雖說如此，但當下已到了更進一步解釋自然文字暗號的程度，突然間幸福的預感消失不見，我們不得不再次面對美麗卻冷漠的自然側影。」另一名弟子對這美麗

的詩句作以如是的答覆：「這是因為我們的感覺鍛煉還不充足，內心的沉澱還不飽滿，我們必須要繼續努力。正如師父所說『看見便是愛，愛就是創造』，因為只有這樣才能夠把握瞬間。」

徒弟互相辯論，蒲衣子則在一旁悉心傾聽，只見他手握一顆鮮綠色的孔雀石，滿眼歡喜，目不轉睛地注視著眼前正在爭論的弟子。

悟淨在這庵舍住了一月有餘，其間他也學著這些自然詩人的模樣，讚嘆宇宙的調和之美，祈願與它們一同轉化為最深奧的生命體。雖然明顯感覺到這裏與自己格格不入，但還是會為他們安靜的幸福深深吸引。

在這些弟子當中，有位異常美豔的少年。肌膚如白魚般通透，黑色的眼眸如同夜空的星星一般閃亮，額頭捲曲的頭髮如同鴿子的胸毛般柔軟。當他心中有些許憂愁，臉上便會微微露出好似透過月色薄雲般耐人尋味的表情；當他感到歡喜，那深沉的目光又會泛著寶石般的光亮。師父也罷，師兄弟也好，大家都對他疼愛有加。天真、純粹，這少年的內心根本不知疑慮為何物。只因太過美豔，太過纖細，不由得覺得這少年宛若空氣般寶貴，甚至令大家感

到一絲不安。閒來無事，少年便會在白色的石頭上滴上淡黃色蜂蜜，用它畫出喇叭花的圖案。

　　就在悟淨即將離開這座庵舍的四五日前，一日清晨，少年離開了庵舍，一去不復返。與他同行的師兄帶回了令人難以置信的消息。說是自己稍不留神，少年就縱身溶進了水中，這位師兄一再強調自己親眼看到了這一切。其他弟子聽了這愚蠢的說辭，不禁大笑。師父蒲衣子卻認真地肯定了這一切，並說道：「也許事實正是如此，這樣的事發生在那孩子身上也不是不可能，一切都只因他太過純粹。」

　　對比險些吞噬自己的那隻鮎魚怪身上表現出的頑固與溶進水中少年的美豔，悟淨再次陷入沉思，不久他便辭別蒲衣子，繼續開始了前進的腳步。

　　繼蒲衣子之後，悟淨來到了斑衣婆（斑鱖）的住所。雖說這隻斑衣婆怪已有五百年道行，可她仍擁有少女般嬌嫩的肌膚，那婀娜妖豔的姿態，無論何等鐵石心腸的人，也會為她神魂顛倒。這隻老妖怪將享受肉體的快樂當作唯一生活信條，為了方便享樂，在其後庭修建了數十間連排房屋，召集各路青年才俊寓居於此。這一個個容姿端正的青年均為這老妖怪蠱惑，終日與其沉溺於享樂之中。斑衣

婆甚至不與他人交往，更是不見親朋，與這一眾青年夜以繼日沉醉在肉體的享樂之中，三個月才露一次面。悟淨前來拜訪之日，趕巧遇上這老妖怪三個月一次的露面，方得一睹其真容。看上去雖略顯疲倦，但還是掩不住她美豔的外表。聽說悟淨是前來問道的，斑衣婆便與他娓娓道來：「是這條路，正是這條路，聖賢的教誨也罷，先哲的修行也罷，他們的目的不外乎尋求這無比歡愉的瞬間能夠持續。還請你試想一下，在這世上生命是多麼難能可貴啊，這就如同要在百千萬億恆河沙般無限的時光裏，抓住那僅有的一瞬間。另一方面，死亡卻以驚人的速度接近我們，一命難求卻又只能靜候死亡的我們，除了享樂，還有別的選擇嗎？啊！那令人沉浸的歡喜，總是給人欣喜的陶醉啊！」說著，這女妖怪瞇起眼睛大叫起來，如同醉酒一般。「你啊！真是可憐，因為長相實在醜陋，我是不能留你在這兒的。也正是如此，我就將實情告知於你。其實在我這後庭之中，每年有近百位青年才俊因貪圖享樂精盡人亡。儘管如此，他們當中沒有一人對我心懷怨恨，所有人都是異常歡喜，心甘情願地死去。甚至有許多人因為死了就無法享受這份快樂而倍感懊惱。」

因悟淨的醜陋而心生憐憫的斑魚怪最後這樣補充道：「所謂明德，就是有享受快樂的能力。」因為醜陋所以沒能成為那每年死去近百人中的一員，悟淨一面感激不盡，一面繼續踏上了新的旅途。

　　賢人志士各說紛紜，他已全然不知該去相信誰說的。對於他那「究竟我為何物？」的質疑，一位賢者如是說道：「首先請你試著喊出來，如發出哼哼聲那你便是豬，若發出呱呱聲，那你便是鵝。」另一位賢者卻說：「若你不過分強求自己究竟為何物，了解自己興許沒有那麼困難。」又言曰：「眼睛可以看到一切，卻唯獨無法觀察自己。所謂『我』，歸根結底都不可能具備了解自己的能力。」還有一位志士如是說道：「一個延續的自我究竟是何物？那是記憶影子的堆積。」這位志士教導悟淨：「記憶的喪失，正是我們每日所做的全部事情。因為忘記了忘卻這回事，所以才能有各種新鮮的感受。其實，正是因為我們能夠將所有一切都徹底忘記，才會感到新奇。何止昨日之事，包括方才逝去的那一瞬間，也就是方才的認知、方才的感情，全都會在下一個瞬間徹底忘記。那其中僅有些許模糊不清的片段會殘存下來。因此，悟淨啊，所謂當下的一瞬間，真有

那麼重要嗎？」

　　歷時五年的遊歷尋訪，悟淨這個病急亂投醫的患者，以同樣的病情，不斷往復於開出不同處方的醫生之間，在一次次的重複之後，他終於意識到自己一點也沒能得到智慧。不要說智慧了，就連這個自己也越發浮躁（變得不像自己），他甚至覺得已淪為莫名其妙的傢伙。雖說曾經的自己有些愚笨，但與現在相比，還算踏實穩重 —— 那真實的肉體讓他能夠感知到分量。可如今，如同失重一般，成了吹口氣就能飛起來的怪東西。外表被一層層不同模樣的東西包裹著，內殼卻空空如也。悟淨深深意識到這是萬萬不可的。他總覺得，除了靠思緒探索內涵，應該還有更直接的方法。但是，自己像尋找算式答案一般對待這類難題，著實愚蠢至極啊。當他開始察覺到這些，只見前路水色逐漸渾濁，近乎黑紅色，不覺間已經走到女偊氏住所地跟前。

　　女偊氏看上去是位非常平凡的仙人，甚至有些愚笨，即便悟淨前來討教，他也是既不支使亦不賜教。強行的說教遭到女偊氏的禁止，好似堅強是死的徒弟，柔軟是生的徒弟，那麼「學吧、學吧」這樣一種生搬硬套的教法在他這裏像是行不通。只是偶爾，他會旁若無人地小聲說些什

麼。這時,悟淨便會豎起耳朵努力傾聽,可由於聲音實在太小,他幾乎什麼也聽不到。在此侍奉了近三個月,悟淨沒能得到師父的任何言教。唯獨「賢者多是了解他人,愚者只會了解自己。於是,自己的病,也只能自己醫治」這句話,是他聽清的。三個月的修行即將結束,悟淨對這一無所獲的等待已是厭倦,來到師父面前辭行。這時,女偊氏才對悟淨開口教誨:「因沒能長出三隻眼睛而感到悲傷的人,是多麼的愚昧。」「因無法控制指甲與頭髮的生長而心存不快的人,是多麼的不幸。」「喝醉了的人即使從車上摔下來也不知傷痛。」「但也不能一概而論,就說思考是壞事。不思考的人之所以幸福,就如同不知暈船為何事的豬永遠不會了解暈船的感受一樣。關於思考這件事,只要不沉溺其中便不會有什麼太大的妨害。」

女偊氏為悟淨講述了一個妖怪的故事,這個妖怪不僅能夠通曉自己的過往,還具有靈妙的智慧。它上自天文下至地理,無一不知無一不曉。通過微妙的計算,不僅可以追溯從前,亦可知曉未來。但就是這樣,這個妖怪卻無比不幸。一日它突然想到「自己能夠預見這世上的一切,可緣何這一切會像自己所預言的那樣發生呢?(可以不在乎是

否都如自己預見般發生，但卻不得不在意發生這一切的根本原因是什麼。）」這妖怪發現即便擁有精深微妙的計算絕技，卻仍會有許多事情不得其解。緣何向日葵的花兒要是黃色？緣何草兒要是綠色？緣何一切各自存在？這些疑問痛苦地折磨著這位擁有廣大神通魔力的妖怪，最終導致它悲慘地死去。

女偊氏又為悟淨講述了另一個妖怪的故事，這是一個非常矮小且難看的妖怪，它常說自己生來就是為了尋找某個小而閃亮的發光物體。那發光的物體究竟是何物呢？任誰也無法給它解釋。儘管如此，小妖怪仍是滿腔熱情地尋找，它因此而生，又因此而死。然而小妖怪終究也沒能找到那小而閃亮的東西，但大家都覺得它的一生極為幸福。女偊氏雖為悟淨講述了一個個妖怪的故事，但對於這故事的含義卻沒有做任何說明。最後女偊氏如是講道：「聖人知癲狂者幸也，通過犧牲自己進而自我救贖。聖人不知癲狂者災禍也，多因無動於衷，進而漸漸走向滅亡。要知道，愛，是相對高貴的理解方法。行為，是相對明確的思索方法。可憐的悟淨啊，你總是將所有事情都浸泡在意識的毒汁之中。決定我們命運的重大變化往往是不受意志控制

的。試想一下，你的出生，是由自己意志控制的嗎？」

聽了女偶氏的講述，悟淨畢恭畢敬地說道：「老師的教誨，我已銘記於心。我雖常年在外遊歷，卻未能釐清思緒，只覺自己不斷地陷入泥沼，無法突破、痛苦無比。」對此女偶氏答曰：「溪水流向斷崖附近，必是要打個轉兒，才能成為瀑布落下。悟淨啊，如今這樣的轉折近在眼邊，你卻躊躇不前。若向前一步跨過那令人生畏的轉折點，興許就能將一切反轉。在這緊要關頭，沒時間讓你不斷反思、徘徊。膽怯的悟淨。你望著那些縱身躍下的人們，心中是否充滿了恐懼與憐憫？是躊躇不已，還是下定決心投身其中呢？其實你明知自己遲早也會跌落；明知沒能跨越這轉折點，是多麼的不幸，還是會在一旁袖手旁觀卻又不願離去。從旁觀望那些在生命轉折點掙扎著的夥伴，沒有比這更為不幸的了。（至少比懷疑的旁觀者要幸福許多。）愚蠢的悟淨啊，你可意識到這些？」

師父難能可貴的教誨令悟淨不勝感激，雖仍有些難以釋懷，但他還是與師父就此拜別。

悟淨認為，事到如今，他再也不會向任何人問道究竟了，「每一位我曾經拜訪過的老師，看起來都是十分了不

起，可實際上誰也沒能給我一個合理的解釋」。悟淨一面這樣自言自語，一面踏上了歸途，「『讓我們裝作互相理解吧，只要有了這份理解，就無須過多的解釋。』大家彷彿都在這樣的約定下生活。如果真有這樣的約定，那麼自己還整天嚷嚷著不明白、不明白，該是有多麼愚笨啊！簡直是⋯⋯」

五

由於悟淨的木訥與遲鈍，我們無法從他身上看到幡然大悟、大話現前這類精湛的絕技，即便如此，些許微妙的變化還會漸漸在他身上凸顯出來。

首先，這一切如同在賭博的心情。若只許有一個選擇，一條滿是泥濘的路，與一條危機重重但終能獲救的路，誰都會去選擇後者，既是如此，為何還會躊躇不定。說到這兒，他第一次意識到自己念頭中卑鄙的功利性。選擇危險的道路，受盡痛苦結果若不能得救，豈不成了無法挽回的損失。這樣一種情緒在不知不覺間，促成了他的不決斷。為了不費力，選擇留在只能導向絕對勝利的路上。

這正是懶惰、愚蠢且卑鄙的自己。在女俑氏身邊逗留的那段時間，他的心境已漸漸向著一個方向逼近。起初被迫去做的事情，終會由自己主動去承擔，並使之不斷向前。悟淨漸漸明白：曾一直認為，自己並非在謀求個人的幸福，而是在探尋世界的含義。如今看來這就是荒唐的錯誤，在這奇怪的形式之下，隱藏著最深的執念，那便是對自己幸福的探索。悟淨並不是能講清世界含義的罕見生物，這並非出自他的自卑，恰恰相反，正是有了安樂的滿足感才能使他意識到這一點。並且，在訴說那樣的大話之前，先要拿出試著展現自己的勇氣，試著去了解那個連自己都不了解的自己。在猶豫之前，請先嘗試。不要考慮結果的好與壞，僅為每一次的嘗試拚盡全力，哪怕一定會失敗。總是因為害怕失敗而放棄努力的悟淨，如今已昇華到不再懼怕辛苦努力付之東流。

六

　　悟淨的肉體已是疲累至極。某日他重重地倒在路旁，就這樣沉睡起來。好像徹底忘記了一切，就這樣渾渾噩噩

地沉睡了數日，不覺飢渴，甚至連夢也沒有做。

忽然醒來，意識到周圍有些青白色的光，已是夜晚，明亮的月夜。又大又圓的春日滿月，透過水面照進來，淺川底部滿是恬靜白亮的月光。熟睡後醒來的悟淨神清氣爽，想到自己久未進食，便在附近徒手抓來五六條游弋的小魚，狼吞虎咽大口吃了起來。他取下腰間的酒壺，咕咚咕咚就著壺嘴一飲而盡。真是美味啊！說著神清氣爽地信步走開。

河底的細沙一粒粒清晰可見，水草上一排排小的水泡，像水銀球的光芒，搖曳著向上升起。腹部泛著白光的小魚魚群，一看到悟淨的身影，立刻消失在青綠色海藻之間。悟淨心境悵然，竟不合時宜地想要唱歌，就在他差點要扯開嗓子高歌一曲的時候，遠處傳來誰人在歌唱的聲音，悟淨停下腳步，仔細聆聽。那聲音像是從河面、抑或是遙遠的水底傳來，那歌聲低沉卻無比通透，仔細側耳傾聽，「江國春風吹不起，鷓鴣啼在深花裏。三級浪高魚化龍，痴人猶戽夜塘水」。這歌聲聽上去好似在抱怨。悟淨就地坐下，一動不動地傾聽。青白色的月光暈染著透明的水底世界，單調的歌聲，如同捕獵時吹奏的角笛，一聲聲迴

蕩在整個水底。似睡非睡之際，心緒悵然的悟淨，茫然蹲坐在地上久久不願離去。意識將他帶入奇妙而又夢幻的世界。水草及小魚均從他的視線消失。突然一股難以形容的藍麝香氣飄了過來，遠處兩個陌生的身影正朝他走來。

前面那位手持錫杖的男子身材魁梧、氣宇非凡，後面那位則頭戴寶珠瓔珞，髮頂結有肉髻，妙相莊嚴，其身後還有微微光暈，看起來非同尋常。此時，前面那位男子走過來對悟淨說：「我乃托塔天王的二太子，木叉惠岸。這位是我的師父，南海觀世音菩薩摩呵薩。觀世音菩薩自天龍、夜叉、乾闥婆、至阿修羅、迦樓羅、緊那羅、摩、人、非人，均對他們垂憐有加，此次，見你沙悟淨深陷苦惱，特來救度，理應不勝感激。」

不知何時悟淨早已低垂著腦袋，耳邊響起美妙的女聲，這聲音好似妙音、梵音，抑或海潮音。「悟淨啊，你可要細細聽來，且認真思量。好一個不知天高地厚的悟淨啊！『未得到的得到即可，未證實的證實即可。』佛祖世尊說，這樣想就是：增上慢。」那麼如你這般要證實不可證之事，則是極大的「增上我慢」。你所欲求解之事，阿羅漢、闢支佛尚不能解，且從未曾想過。可憐的悟淨啊。若

有正見定會即得淨業，而你卻因心相贏劣陷入邪見，方才會受此三途無量之苦。想來，唯有觀想方可獲救，故應拋棄一切思慮，乏累其身，得以自救，以此銘記於心，並應充分發揮這人身的作用。概觀世界一切皆無意義，若從細微處入手，『世界』這一概念也會含義無限。悟淨啊，置身於相宜之所，力從相宜之事。從今往後，撂下你那不自量力的『為何』吧。唯有丟棄它，方可得救度。今年秋時，會有三位僧人，由東向西欲渡此流沙河。此三人正是西方金蟬長老轉世的玄奘法師與他的兩位徒弟。他們是受唐太宗皇帝之命，前往天竺國大雷音寺求取大乘三藏真經的。你可跟隨玄奘西去，那方是你應處之地、應從之事。途中歷經苦難，你當定下決心，全力助之。玄奘弟子中有位名孫悟空之人，大可無畏於他。只信之，萬不可懷疑。於他身上，甚多你可學之處。」

當悟淨再次抬起頭來，卻不見方才人物。他久久佇立於水底明月之中，茫然不知所措，心裏有了些微妙的變化。思緒模糊的他漫無邊際地想著：在該當的人身上，發生了該發生的事；在適當的時候發生了適當的事情。若是半年前的我，怎麼會做這樣的怪夢呢⋯⋯思量夢中菩薩所

言，與先前女偊氏所講絲毫不差，今夜更是感同身受，豈不怪哉！悟淨從未試想，在夢中便可獲得救度。但不知為何，總覺得那夢境中所說的唐僧師徒一行，興許真的會經過這流沙河。這便是在適當的時候發生適當的事情。他這麼想著露出了久違的笑容。

七

那年秋天，悟淨終於等到了大唐的玄奘法師。至此他終能換得人身離開這流沙河，與智勇雙全、天真爛漫的齊天大聖孫悟空，隨性樂觀的天蓬元帥豬悟能一起，踏上了嶄新的旅程。然而，在那征途路上，尚未徹底痊癒的悟淨，依然會和從前一樣自言自語，他喃喃道：「好生奇怪！真是難以理解啊！莫非我真是懂了，故而不再糾結從前那些苦苦追尋的難題？這可不好說，我覺得並沒有完全弄明白啊。哈哈，真是想不明白。總之，不用再像從前那般痛苦，我已是感激不盡了！」

—— 我的西遊記

注：乞丐子輿，出自《莊子·大宗師》。

悟淨嘆異

晌午十分，我們師徒一行來到路旁一棵松樹下休息，趁著這空檔，悟空叫八戒到附近的一片空地練習變身術。

　　「快練啊，你這呆子！」悟空對八戒說，「心裏只能想變龍，明白嗎？一心只想著自己要成為一條龍，除此之外，心無旁騖。必須拋開所有雜念，認真去做，用心去想！明白嗎？」「好！」說著八戒閉上雙眼，結手印於胸前。忽然，八戒不見了，一條五尺來長的大青蛇出現在面前。站在一旁的我，忍不住笑了出來。「你這呆子，只會變青蛇嗎？」悟空訓斥道。青蛇消失，八戒重現面前，「還是不行啊，大師兄，我該怎麼做啊？」八戒一臉認真地衝悟空撒嬌。「不行、不行，呆子，你根本就不專心！再試一次，要認認真真地想，『我能成為一條龍』，心裏只念想著『我要成為一條龍』，然後讓這個『自己』消失。」「好！」說著八戒再次結手印於胸前。與上次不同，這回八戒變成了個怪東西，雖說外形是條蟒蛇，卻長著前爪，看上去更像一隻大蜥蜴，肚子卻還是他原本隆起的便便大腹。短小的前腿還努力向前爬了兩步，那醜陋滑稽的模樣難以形容，惹得一旁的我哈哈大笑。

　　悟空怒斥道：「行了，行了，你別練了！」說著就見八

戒不好意思地撓著頭現了身。

悟空：「你根本就沒有用心想要成為一條龍，所以總是失敗。」

八戒：「哪有的事！大師兄，俺老豬，可是拚了命的在練習啊。腦子裏淨想著變成龍！變成龍！俺可是刻苦努力、一心一意的就想變龍啊！」

悟空：「胡說，之所以變不成，就因你這呆子，一直心緒不定！」

八戒：「大師兄，可不能這麼說俺老豬啊！這不成了結果論啦！」

悟空：「僅從結果就下判定，雖不是最好的辦法。但這或許是世上最實在的方法。如今你的立場，明擺著就是這樣啊！」

悟空認為，變化之法如下所說，即，那份想要成為某物的心勁，若能無比純粹、無比強烈，自然就能變為那個東西。之所以變不成，是因為那份心勁還未能達到無比純粹的程度。所謂法術的修行，關鍵在於將自己這種純淨無垢，且無比強烈的心勁統一起來。毫無疑問，這種修行非常困難，不過一旦達到這種境界，就無須從前那般努力，

只要將心投入純粹統一的形式，即可輕鬆達成所願。其他各種技藝亦如此，人們之所以不懂變化之術，正是因為有太多要去關心的雜事，使其精神難以統一。與之相對，狐狸卻精通變術，那是因為野獸不為那些勞心的瑣事所累，統一內心要容易得多，如此等等。

悟空的確是個天才，這點毋庸置疑，在初見他的一瞬間便能感覺到的。起初連我也覺得這滿面赤色、一臉猴毛的傢伙醜陋至極。可就在看到他的一瞬間，他內心流露出來的東西就已將我折服，至於那外貌早已忘得一乾二淨。如今甚至覺得這猴子的樣貌堪稱美豔（至少也稱得上俊秀）。無論樣貌或是言談，都生動地表現著悟空的自信。這可是個不會撒謊的男人。無論對誰，就連面對自己，他心中也好似有團火焰在燃燒。這豐富而熱烈的火，立即就能感染身邊的人。由他口中講述的事情，亦會讓一旁傾聽的我深信不疑。僅僅是在他身旁都會被一些莫名的自信填滿。他就像火種，整個世界就像為這火種準備的薪柴。一切都因他的燃燒而存在。我們看來毫無異議的事情，在悟空眼中，都可成為精彩冒險的開端，抑或是激發他壯烈行為的機緣。與其說外界的種種吸引了他的注意，倒不如

說，是他一一賦予外界以含義。他內心的火焰，逐一點燃了外部空洞沉睡的冰冷世界。這一切並不需要用偵探般的眼睛去找尋，而是用那顆詩人的心（悟空怕是個粗野的詩人）。凡是接觸過他的人或物，都會被他內心的熱情所溫暖（有時也許是灼傷）。在他眼中各種不可思議的種子逐漸萌芽，並結出果實。每個清晨都能看到他在頂禮拜日，他眼中閃爍著如同初次見到太陽般的驚喜，那流露出的美，令我深受感動，讓人們打從心底欽佩、讚嘆。膜拜太陽幾乎是每天早晨他都會去做的事。在他眼中，似乎看不到任何平凡陳腐的東西，哪怕是松樹剛長出的嫩芽，他也會瞪著那雙不可思議的眼睛仔細觀察，這便是齊天大聖孫悟空。

方才講的是天真爛漫、思想單純的悟空，我們再來看看與勁敵決鬥時的他吧。那場景是何等的精彩、完美！他聚精會神全身上下無懈可擊，富有節奏地揮舞著金箍棒，總是能分毫不差地擊中敵人。那好似不知疲憊的身體，透著興奮又不失勇猛。每次縱身躍起，總會給人強勁的力量感。無論遇到何等困難，他都是欣喜地迎難而上，並時刻洋溢著堅韌的精神。比起閃耀的太陽、盛開的向日葵、鳴叫的夏蟬，他那聚精會神、忘我戰鬥的模樣，表現著另一

種灼熱的美，這便是那隻「醜陋」的猴子戰鬥時的姿態。

　　至今我還依稀記得，一月前，在那翠雲山，孫悟空大戰牛魔王的雄姿。感慨之餘，容我細說那場戰鬥的經過。

　　只見遠處草地上一隻香獐正悠然地吃著草，悟空卻變身猛虎追上前去欲要捕食。原來那香獐竟是牛魔王的變身。看到悟空撲過來，牛魔王化身一隻獵豹，縱身一躍反撲猛虎。猛虎不甘示弱，隨即轉身緊盯獵豹予以還擊。牛魔王敵不過悟空的攻勢，變身一隻雄獅，咆哮著撲向悟空。悟空被撲倒在地，隨即一頭鼻似長蛇、牙如利竹的大象出現在面前。雄獅不是大象的對手，幾個回合下來便現了原形，一頭高壯的大白牛出現在眼前，頭如山峰、眼如電光，頭上的犄角好似兩座鐵塔，從頭到尾竟有千餘丈長，從腳到背也有八百丈高。他高聲呵斥道：「你這潑猴，如今能奈我何？」悟空也顯了本相，大喝一聲，隨即化身為身高萬丈、頭如泰山、眼如日月、口如血池的模樣。說著便奮然揮棒打向牛魔王。牛魔王用犄角頂住，二人打得異常激烈。半山腰上發生如此戰況，宛如山崩地裂、天翻地覆，那陣仗甚是驚人。

　　此景何等壯觀，我悟淨只顧為之驚嘆，卻絲毫沒有要

助悟空一臂之力的念想。我並非不擔心他敗下陣來，而是因自己的笨拙羞於出手，就好像硬要在一幅名作上添上自己拙劣的一筆般，令人愧不能當啊。

　　災難對於悟空，就好像油對於火。每當遇到困難，他總是熱血沸騰（精神、肉體均是如此），猶如燃燒的火焰。相反，平安無事時的他，倒顯得有些沮喪。這就好比陀螺，只有全速轉動，才不會倒下。多麼艱難的現實對悟空而言，都好像已標出最佳路徑的地圖一般。伴著對現實的認知，他總能清晰地看到那其中通往自己目的地的道路。甚至可以說，他的眼中除此之外別無旁物。正如暗夜裏閃光的文字，僅是清晰凸顯出必要信息，周圍龐雜的一切均是看不到的。我們這些愚笨的傢伙還在茫然思考不得其解之時，悟空早就開始了行動。人們都在讚嘆他的勇猛與力量，卻對他天才般驚人的智慧全然不知。他呢，則是將這思慮與判斷，渾然融入了每一次的實戰之中。

　　我略知一些悟空的文盲之事。曾經天庭裏的弼馬溫，雖被委任為馬官，卻連「弼馬溫」三個字都不曉得，就好像工人不知自己工作的內容。他這沒有文化的糗事，我知道得一清二楚，但對悟空的智慧與判斷，我仍要給予最高

的讚揚，甚至覺得悟空是個全才。動物、植物、天文等方面他都相當了解。多數動物，只要經悟空一看，便能知道其習性、強度、使用武器的特徵。對於雜草，何為藥材、何為毒草，他都銘記於心、十分熟悉。因此他已不用去記那些動植物的名稱。他更是擅長靠星象來判斷時刻及季節，卻全然不知角宿、心宿這類概念。比起記住了二十八星宿名稱，卻分不清實物的我，是該有多大的差異啊！在這個目不識丁的猴子面前，那些由文字組成的概念顯得蒼白無力。

悟空身體的各個部分 —— 眼、耳、口、手、腳，全然透著抑制不住的喜悅，意氣風發、生龍活虎。尤其是戰鬥之時，這一個個興奮不已的器官，聚集在一起，就好像夏日花兒四周歡鬧的蜜蜂一般。悟空打起妖怪來凝神聚力，一旁的看客只覺他像是在為遊戲做準備。人們常說「要有死的覺悟」，悟空這樣的男子，絕不會有什麼死的覺悟。無論是陷入何等危險的境地，他擔心的只是眼下這份任務（擊退妖怪，救出三藏法師）的成敗與否，絲毫不曾考慮自己性命這類事情。無論是在太上老君的八卦煉丹爐中，抑或是遭遇銀角大王的三山壓頂，被壓在須彌山、峨眉山、泰

山三座大山之下，他也絕不會為自己的命運叫苦。就連在小雷音寺遭遇黃眉大王那樣性命攸關的時刻，他也未曾想過自己該如何是好。那黃眉大王用金鐃將悟空死死罩住，無論是推或撞均不能破，弄得悟空無計可施。他試將身體變大來衝破金鐃，不承想那金鐃也隨之變大。他將身體縮小，那金鐃又隨之縮小，他拔下身上的猴毛，將其變為一根根鋼錐，想要刺穿金鐃。可不但金鐃毫髮無損，碰到它的東西均被其融化為水，就連悟空的屁股也險些被它融化。即便此時，孫大聖的心裏也只是擔心著師父的安危，對自己的命運，他有著無限的自信，這一點似乎連他自己都沒有意識到。幸好天界援兵亢金龍及時趕到，使出全身力氣，才將那無堅不摧的犄角刺入金鐃。犄角雖刺了進去，可怎料那金鐃如同人肉一般將犄角死死纏住，不留一絲空隙。哪怕有一絲縫隙，悟空便可化身微塵得以脫身，但卻不能。眼看著大半個屁股就要被金鐃融化，悟空費煞苦心、幾經周折，總算是從耳中取出金箍棒，化作鋼鑽在金龍犄角上穿孔，自己則變身為細小微粒潛入孔內，隨金龍拔出犄角，方才得救。隨後他便急著要去救師父，似乎是忘了自己屁股上的傷。

那之後從未聽他提起過當時自己的險境。這猴子，定是從未考慮過自己的性命安危，就連死亡他也不曾有過畏懼，就算是臨死前的一刻也還是精力充沛、勇往直前。這樣英勇的事跡全然令人倍感雄壯，但絕非悲壯。

　　都說猴子學人，眼前便是只不模仿人類的猴子。別說是模仿了，就連旁人企圖強加於他的觀點，只要他自己不認同，哪怕是歷經千年，為眾人所認可的理念，他也絕不會輕易接受。

　　無論是陳舊的規矩還是世間的名利，對這樣一位男子沒有任何威脅。

　　如今的悟空有個特點，那便是絕不提過往之事。他似乎已將過去的經歷忘得一乾二淨。與之相對，那一個個從經歷中獲取的教訓，卻滲入他的血液，繼而轉化為精神乃至肉體的一部分。如今，根本不必一一回憶。這猴子就是擁有這樣不可思議的力量，對曾經的痛苦經歷，他忘得徹底，卻也吸收得乾脆。在與妖怪的決鬥中，絕不重複同樣的錯誤，便是最好的證明。

　　縱是這樣的孫悟空，也會有令他難以釋懷的事情。一日，他感慨萬分地與我談起了那次令他害怕的經歷，那是

他與釋迦如來佛的初次知遇。

　　那時的悟空，認為自己的力量無邊界。他身披鎖子黃金甲，腳踏藕絲步雲履，手持重達一萬三千五百斤的如意金箍棒，那金箍棒奪自東海龍王之手。如此孫悟空，天上地下無人能及。他大鬧眾仙齊聚的蟠桃盛會，為此受罰被關入太上老君的八卦煉丹爐內，誰知他推翻了八卦爐，天地太小看似容不下這隻狂躁不安的猴子。他將群聚的天兵打得落花流水，佑聖真君率領三十六名雷將前來討伐，與悟空在靈霄殿前大戰半日有餘。此時，如來佛祖攜迦葉、阿難二尊者，擋在悟空面前，阻止了這場爭鬥。悟空怫然頂撞，如來笑言：「你這潑猴，究竟修得何道？」悟空答曰：「俺老孫，乃東勝神洲傲來國花果山石卵所生，連我的本事都不知道，你可真是愚痴。俺已修得長生不老之術，亦會駕筋斗雲，一縱十萬八千里。」如來對曰：「潑猴休吐狂言，莫說十萬八千里，你怕是連我這掌心也飛不出去吧！」「什麼？！」悟空大怒，一躍跳上了如來的掌心：「以俺老孫神通，輕輕一躍便可行路十萬八千里，怎就出不了你的掌心？」話音未落，他便飛身而出，想必飛出二三十萬里路途，撞見五根肉紅色高櫸大柱，悟空走近中間那根柱子，

在上面寫下了「齊天大聖，到此一遊」幾個烏黑的大字。寫罷他再次翻轉筋斗雲，飛回到如來掌中，得意揚揚地說道：「多麼大的掌心啊，我一個不留神，已飛到三十萬里外的天邊，並在那柱子上留下了印記。」如來聽了哈哈大笑：「你這愚蠢的山猴，方才只是往返於我掌心罷了。不信，你自己低頭看看這手指。」悟空懷疑地望向如來的右手，只見他右手中指上還留有筆墨未乾的一行大字，那正是方才自己所寫的「齊天大聖，到此一遊」。「怎有這等事？」驚得他急忙仰望如來，佛祖臉上再不見方才的笑容，一臉嚴肅地盯著悟空，那眼睛瞬間大得彷彿遮住了整個天空，將悟空緊緊壓於其下。悟空只覺周身血液凝固，無比恐懼。慌忙得想要跳出如來的掌心，只見佛祖翻轉手掌，五根手指化作五行山，將悟空緊緊壓於山下，並書「唵嘛呢叭咪吽」六字金書，貼於山頂。如此天翻地覆，悟空陷入自我懷疑之中。在不住地顫抖中，他迷惘地認為從前的自己根本不是自己。實際上，自那一刻起，世界對他而言已徹底改變了。此後，他餓食鐵丸、渴飲銅汁，只能待在那封印的石窟之中，靜待贖罪期滿。曾經傲氣沖天的齊天大聖孫悟空，再也沒了從前的自信。他變得懦弱，有時甚至毫不

知羞地哇哇大哭。五百年後，前往天竺的三藏法師途經此處，揭了五行山上的咒符，放出了悟空，那一刻他再次哇哇大哭，只不過這次流下的是喜悅的淚水。悟空願隨唐僧遠赴天竺，多是出自這份喜悅與感動，這便是最純粹且強烈的感謝。

然而，如今想來，被釋迦牟尼捉住時的恐懼，讓曾經無法無天的孫大聖無奈受限。為了讓這不知天高地厚的石猴能夠對世間有益，才有必要將他壓於五行山下五百年，令其小作凝集，而後才有了如今這個沉澱之後不再膨脹的悟空。在我們看來，如今的他卻是越發龐大、精彩、卓越。

三藏法師是位不可思議的人物。他著實軟弱，軟弱得驚人。根本不會什麼變幻之術的他，在取經途中，若遇妖怪襲擊，輕易就會被抓住。與其說他軟弱，不如說他壓根沒有自我保護的能力。這樣一位軟弱無能的三藏法師，我們三人卻同時被他吸引，究竟是何緣由？（有如此疑問的僅我一人而已，悟空與八戒對師父都是無條件的敬愛。）在我看來，師父的那份軟弱中透著些許悲劇性的東西，這些東西深深地吸引了我們，那恰好是我們這些妖怪身上絕不曾有的東西。三藏法師對大千世界中小我（人類抑或是動

物）的定位，即那份悲哀與可貴，有著明確的覺悟。他不僅敢與悲劇的特性抗衡，還能勇敢地追求正確且美麗的事物。這正是我們沒有，師父卻擁有的東西。原來如此，雖說我們比師父武藝高強，又多少懂得些變幻之術，可一旦我們得知自己地位的悲劇性，任誰也無法認真地繼續這正確且美麗的生活。柔弱的師父心中那份可貴的堅強，著實令人驚嘆。在下認為，內在的可貴被柔弱的外表所包圍，這正是師父的魅力所在。然而八戒這混賬傢伙說，我們對師父的敬愛之情，至少是大師兄對師父的敬愛之情當中，多少含有些男色的因素。

與孫悟空這個行動派的天才相比，三藏法師在實操方面顯得十分愚笨。然而，正因二人生活目的不同，這一切又顯得無比尋常。每當遭遇外界困難，師父從不向外尋求解脫之道，而是向內求解，直指自己的內心。建立能夠經受住困難的心理防線，這份準備並非是遇到困難時才慌忙去做，而是平日裏就建構起了不因外界而動搖的強大內心。在師父心中，就算當下遇到險境，窘迫而死，亦能倍感幸福。因此，他不必向外謀求解脫之道。在我們看來，肉體上的毫無防備，危險萬分。然而，對於師父的內心世

界，這些卻沒什麼影響。悟空呢，看上去無比光鮮，可即便是他這樣的天才，在這世上也會遇到無法解決的難題。師父卻沒有這樣的擔心，因為在師父眼裏，這世上根本沒有什麼是難題。

對悟空而言，發怒就沒有苦惱，歡喜便沒有憂愁。他能夠如此單純地肯定生活，無可厚非。那麼三藏法師呢，柔弱的身體與不知防備的內心，時常遭受妖怪的迫害，卻能愉快地肯定人生，這是多麼的難能可貴。

有趣的是，悟空並沒能意識到師父優於自己的這份難能可貴，只是覺得自己無法離開師父。不如意時，他甚至會想，之所以跟隨師父，只是因為戴了那緊箍咒（戴在悟空頭上的金箍，若是他不聽從師父的命令，這金箍便會緊縮嵌入肉中，令他痛不欲生）。師父被妖怪捉去，悟空嘴上抱怨：「真是位麻煩的老師」，卻仍會在第一時間趕去營救。「為何師父如此可憐，俺老孫著實看不下去啊」，悟空自認為這是對弱者的憐憫。在他對師父的感情中，包含著任何生物都有的弱者對強者本能的敬畏。心中的這份敬畏多少還夾雜著對美與高貴的憧憬，這些怕是連他自己都不曾知道的。

悟淨嘆異

更有趣的是，三藏法師自己也不知道自身擁有這份在悟空之上的優越。每當悟空從妖怪手中將他救出，他都會感激涕零地說：「若你不來營救，為師怕是早就一命嗚呼了。」實際上，無論什麼妖怪企圖吃他，悟空都不會讓其得逞。

這師徒二人，均不知彼此間真正的關係，卻還能互敬互愛（當然偶爾也會有爭吵），著實有趣。在下發現在這對立的二者之間，卻有一個共通點，那便是，在這二人的生活方式中，均認同給予是必然，他們徹底地享受這份必然，並且將這份必然視為自由。雖說金剛石與墨是由同一物質組成，可二者的不同又是那麼明顯。正如這師徒二人，雖有天壤之別，卻能夠以同樣的理解來接受現實，這也著實有趣。能將這必然與自由等同，不正是他們師徒二人天才的象徵嗎？

悟空、八戒與在下，我們三人性格迥異。傍晚無處棲身，因是否要借宿路旁廢棄的寺廟，我們各抒己見，最終卻總能達成一致。悟空認為，這廢棄的寺廟，恰好是對峙妖怪的絕佳之地，故選擇住宿。八戒認為，已是傍晚，再去別家詢問甚是麻煩，不如早些安頓下來，好填飽肚子。

加之人困馬乏，便說「這附近妖氣騰升，躲到哪裏都會有危險，倒不如就在這兒住下」。任何生命都同我們三人一樣各有不同，沒有比人們的各類活法更有趣的東西了。

　　在孫大聖的光環之下，才幹遜色許多的八戒豬悟能，也是個頗具特色的男子。這老豬對生命、對這人世間懷有無比的熱愛，嗅覺、味覺、觸覺全然執著於世間的一切。有時八戒會問我：「沙師弟，我們為何要去天竺，是為了修得善業，來世往生極樂嗎？可那極樂究竟是何種地方？僅是坐在蓮葉上搖曳嗎？那豈不是無趣至極。那極樂世界也能手捧熱氣騰騰的湯羹一飲而盡嗎？也能大口品嚐外焦內嫩的香脆烤肉嗎？俺老豬可是聽說並非如此，若同那天上仙人一般不食人間煙火，俺可是厭惡至極。那樣的極樂世界恕老豬實難從命！雖說辛苦，但總有能讓人忘記痛苦無比快樂的東西，對俺老豬來說，這樣的人世間是最好不過的了！」說到這兒，八戒開始歷數這世上讓他覺得快樂的事情，夏日裏樹蔭下的午睡，小溪裏的嬉戲，月夜吹笛，春曉晨寐，冬夜裏暖爐邊的暢談……他興高采烈地說著一個個例子，尤其是談到年輕姑娘的美貌與四季不同的美食，他的話似乎沒有盡頭。這令我驚訝不已，世上竟有如

此之多的樂事，更未承想，八戒這傢伙竟已一一體驗過這些世間的快樂。我終於意識到，享樂也是需要能力的。自此，我再不敢像從前那樣小看這隻豬了。然而，隨著與八戒交流的增多，我發現了一件奇妙有趣的事情。在八戒享樂主義的背後，我窺到了些許他內心的恐懼。儘管八戒嘴上說著「若不是出於對師父的尊敬及對大師兄的敬畏，俺怕是老早就放棄這辛苦的旅行了啊！」之類的話，可我還是看出，在他那享樂家的外表之下，潛藏著戰戰兢兢、如履薄冰的思緒。對八戒來說（對我沙悟淨來說亦如此），這天竺之旅，可稱得上是幻滅與絕望後，剩下的最後一絲希望了。

如今，斷不能沉溺在對八戒享樂主義秘密的分析裏了。當務之急，該是學習齊天大聖孫悟空的所有長處，著實無暇顧及其他了。三藏法師的智慧也好，八戒的生存之道也罷，都需待我將孫大聖的本事學完之後，再一一鑽研了。從悟空那裏，我基本上什麼也沒學到，自打離開流沙河，我究竟進步了多少呢？依然同吳下阿蒙一般學識尚淺。就此次天竺之旅中我的作用而言，的確如此啊。安撫平日裏悟空過激的情緒，勸誡好吃懶做的八戒，除此之外

並無他用。像我這樣的傢伙無論身處何時何地，最終也逃脫不了調節者、忠告者、觀測者的命運。我悟淨當真成不了行動者嗎？

每當看到悟空降妖除魔，「燃燒的火焰本身並不知道自己的燃燒。以為自己已經在燃燒了，也許真的並沒有燒起來」。這樣的想法就會浮現腦海，看著他豁達的樣子，心中不由得想到「所謂自由的行為，正是能夠在內心沉澱那些，無論如何都想去做的事情。它是自己與外界種種表現行為的含義所在」。然而我也只是想想而已，怕是無論如何也不及悟空的。儘管我整日想著學習孫悟空的本領，但與他之間總有著極為懸殊的差別，尤其是他性格裏的那份狂妄，我只能望塵莫及，從不敢靠近。直言不諱，無論如何思慮，悟空都算不上令人感激的摯友。他不懂得體貼，只會一味地大聲叱責。凡事都以自己的能力為標準要求他人。如若做不到，便會招來他的怒斥，這些都讓人難以忍受。可以說他並沒有認識到自己的才能非凡。雖說我們都知道他並非故意刁難，這一切都因他無法理解弱者的能力程度，故而面對弱者表現出的懷疑、猶豫以及不安，非但得不到悟空的同情，甚至會引來他的勃然大怒。若不是因我

悟淨嘆異

們的無能而招致悟空的怒氣，他其實是個非常善良單純如孩子一般的男人。八戒總因睡過頭、偷懶、變形練習失敗惹得他暴跳如雷。我之所以不會令他生氣，只是因為刻意與他保持距離，沒有在他面前暴露缺點罷了。可這樣是什麼也學不到的，我該更近地接觸悟空，任他隨意發脾氣，即便訓我、打我、罵我。像我這樣遠遠觀望、感慨萬千是什麼都學不到的，我必須全身心地向這猴子學習。

深夜，我獨自一人醒來。

這一晚我們沒能找到住處，只得在山後溪谷的大樹下，鋪上乾草，和衣而臥。悟空睡在八戒身旁，那香甜的鼾聲迴蕩在整個山谷。此時頭頂樹葉上落下幾滴露珠，雖說已是盛夏，可這山中的夜晚，總透著幾分寒意。臨近黎明，我透過樹葉的間隙仰望天空星辰，突然覺得無比寂寥，宛如自己一人站在那孤單的星上，眺望著這個黑暗、冰冷、一無所有的世界。星辰這東西，總是容易讓人聯想永恆、無限之類，我對此很不擅長。只因仰臥，無奈望向這些星辰。在一顆較大的青白色星星旁邊，有顆紅色的小星星。在它的正下方，是顆略微發黃稍顯溫暖的星。一陣風吹來，樹葉搖曳，這些星辰若隱若現。流星拖著長長的

軌跡劃過夜空，不知為何就在此刻，忽然想到三藏法師那清澈寂寥的眼神。他總是凝視遠方，那雙眼充滿著不知是對何物的悲憫。平日，總是無法理解師父的這份悲憫，可就在這一刻，忽然明白。師父總能望見永恆，並且能清晰地看到，與那永恆相對的世間一切事物的命運。面對不知何時就會到來的滅亡，師父卻有好似靜待花開般的睿智與仁慈。他總以那悲憫的眼神注視著身邊發生的一切。看著天空的星星，這一刻我似乎都明白了。於是起身偷偷望向身邊熟睡的師父，盯著他那熟睡的恬靜臉龐，聽著他輕快的呼吸聲，內心深處忽然感覺到一絲火苗燃燒般的溫暖。

—— 我的西遊記

策劃編輯	梁偉基
責任編輯	許正旺
書籍設計	吳冠曼
書籍排版	楊　錄
地圖繪畫	廖鴻雁

書　　名	山月記
著　　者	中島敦
譯　　者	楊曉鐘等
出　　版	三聯書店（香港）有限公司
	香港北角英皇道 499 號北角工業大廈 20 樓
	Joint Publishing (H.K.) Co., Ltd.
	20/F., North Point Industrial Building,
	499 King's Road, North Point, Hong Kong
香港發行	香港聯合書刊物流有限公司
	香港新界荃灣德士古道 220-248 號 16 樓
印　　刷	陽光（彩美）印刷有限公司
	香港柴灣祥利街 7 號 11 樓 B15 室
版　　次	2022 年 3 月香港第一版第一次印刷
	2024 年 8 月香港第一版第二次印刷
規　　格	32 開（130 × 185 mm）254 面
國際書號	ISBN 978-962-04-4920-8

© 2022 Joint Publishing (H.K.) Co., Ltd.

Published in Hong Kong, China.